Das andere Gesicht

von Peter J. Hoff

Herstellung und Verlag:
BoD - Books on Demand, Norderstedt
ISBN 978-3-7392-4956-8

Aus der Serie
„Zürich im Licht der Dunkelheit"

Band 1

Die ersten Sonnenstrahlen reflektierten sich auf den kleinen Wellen des Zürcher Seebeckens an diesem herrlich schönen Sommermorgen. Werner Hutter marschierte wie jeden Tag, strammen und zielstrebigen Schrittes der Quai Brücke entgegen. Er hatte sich zur Gewohnheit gemacht, den ca. 30 Minuten dauernden Fussmarsch von seiner Villa im Enge-Quartier zu seinem Büro in der Altstadt, ohne Fahrzeug zu bewältigen. Ein Konzert von Vogelstimmen aller Art begleitete ihn durch die schöne Parkanlage. Ausser einzelnen, fitnessbewussten Leuten, die jeweils den Tag mit einem morgendlichen Jogging angehen, war zu dieser frühen Morgenstunde kaum jemand im Park zu sehen. Es grenzte schon fast an einen Zufall, dass ihm ein Mann mittleren Alters entgegen kam. Dieser Mann trug eine gepflegte graue Kleidung und einen dunklen Hut mit tief ins Gesicht gezogener Krempe. Noch ahnte Werner Hutter nicht, dass der ihm entgegenkommende Mann das letzte Geschöpf sein würde, das er in seinem Leben zu Gesicht bekommen sollte. Ein kurzes Aufblitzen der scharfen Stilett Klinge beim Vorbeigehen warnte ihn zu spät, als dass er noch hätte ausweichen können. Von geübter

Hand geführt, bohrte sich die Klinge mitten in sein Herz. Zwar versuchte er, sich noch auf den Beinen zu halten, doch schon nach wenigen, taumelnden Schritten fiel er bereits als leblose Gestalt, auf den gepflegten Kiesweg der Parkanlage „Arboretum". Sein teurer, massgeschneiderter Veston und die feinen Steine des Bodens färbten sich rot unter ihm und das letzte Röcheln seines Atems verstummte. Der fremde Mann hingegen, ging weiter, als ob nichts geschehen wäre.

*

Unbarmherzig piepste mich mein elektronischer Wecker aus meinen süssen Träumen. Gestern Abend war es spät geworden. Meine Arbeitskollegin Angela Wieser hatte mich und einige Kollegen zu Ihrem Geburtstagsfest eingeladen. Bei feinem Essen und gutem Wein verging die Zeit viel zu schnell. Entsprechend kurz fiel mein Schlafpensum aus. Sozusagen schlafwandelnd, schlich ich ins Bad. Eine kalte Dusche und der anschliessende Nespresso, mussten die fehlenden Schlafstunden ersetzen. So fühlte ich mich auf dem Weg zur Garage, wo mich meine treue

Begleiterin, die goldfarbene BMW Tourenmaschine erwartete, schon beinahe wach. Auf der Fahrt in die Stadt liess ich mir, zum leisen Motorensurren, die kühle Morgenluft ums Gesicht blasen und schon bald war meine Welt wieder gänzlich in Ordnung.

Als ich gutgelaunt meine Bürotür aufschloss, läutete bereits das Telefon. Das liess mich nichts Gutes ahnen. Am andern Ende der Leitung hörte ich die Stimme meines Chefs, der mich und meinen jungen, mir zugeteilten Kollegen, Alain Bayard bat, in sein Büro zu kommen.

Alain hat unlängst seine kriminalistische Ausbildung abgeschlossen. Seit einem Monat arbeitet er in unserer Abteilung und meine Aufgabe ist es, ihn zu unterstützen und ihn in den Alltag der Kriminalpolizei einzuführen. Ich arbeite gerne mit ihm zusammen und ich bin mir sicher, aus ihm wird einmal ein sehr guter Kriminalist. Zurzeit ist er jedoch noch etwas zu eifrig, ja fast euphorisch und muss ab und zu gebremst werden, wie das bei vielen jungen Kollegen am Anfang ihrer kriminalistischen Laufbahn der Fall ist.

Minuten später standen wir dem Mordkommissionsleiter, Beat Koch, gegenüber.

Mit kurzen Worten schilderte uns der Chef den Fund des toten Geschäftsmannes, Werner Hutter, im Arboretum. „Entschuldigung", unterbrach ich meinen Vorgesetzten. „Sprechen wir hier von DEM Werner Hutter"? „Ja, genau. Ich spreche vom bekannten Werner Hutter. Es hat sich bereits ein Anwalt von der Kanzlei Consulting und Partner gemeldet, um die Interessen seines getöteten Mandanten zu übernehmen", erklärte uns der Chef. Jetzt verstand ich die Welt überhaupt nicht mehr. Ausgerechnet ein Mitglied dieser Kanzlei, vertritt einen so hoch angesehenen und durch seine nebenamtliche politische Tätigkeit landesweit bekannten Mann wie Werner Hutter? Der Mann, welcher als Inbegriff von Sauberkeit galt. Immer wieder setzte er sich ein, gegen den wie er sagte, moralischen Zerfall der Gesellschaft. Er kämpfte gegen Prostitution und gegen den Drogenmissbrauch. Manch einem Zuhälter oder Bordellbetreiber konnte er durch seinen Einsatz einen Strich durch die Rechnung machen, indem es ihm gelang, Baubewilligungen oder sonstige Eingaben zu verhindern. Oft schien er mir päpstlicher als der Papst. Für viele Leute galt er als Vorbild für eine saubere und moralische Politik. So erhielt er auch immer eine grosse Anzahl Stimmen wenn es um Wahlen ging. Wenn er ein politisches Projekt unterstützte, dann konnte man fast mit Sicherheit davon ausgehen, dass es auch vom Volk angenommen wurde. Mit diesem Kampf, gegen alles Schlechte und Unmoralische welches sich Werner Hutter auf seine Fahne geschrieben hatte, bildete er sich nicht nur Freunde. Gerade in den Reihen des Verbrechens und des Rotlicht-Bereiches gab es viele Leute, die Werner Hutter am liebsten in die Hölle geschickt hätten. Ich war mir deshalb schon fast sicher, dass der Täter in dieser Verbrechersparte zu suchen sein würde, was für den Verlauf der Ermittlungen keine leichte und angenehme Arbeit bedeutete.

Eine Frage beschäftigte mich aber fast noch mehr und ich machte mir Gedanken darüber, während Alain den Wagen zum Seepark Arboretum lenkte. Warum nur, fragte ich mich, übernimmt ausgerechnet Consulting und Partner die Verteidigung von Werner Hutter? Immerhin gilt diese Kanzlei als Milieu-Kanzlei, die vorwiegend Leute aus dem Prostitutions- und Drogenbereich zu seiner Klientel zählt.

*

Das nächtliche Treiben an der Côte d'Azur war verstummt. Die Morgendämmerung löste allmählich die Finsternis der Nacht ab. Zwar war die Sonne am Horizont noch nicht sichtbar, aber der Himmel hinter dem Fürstenschloss färbte sich bereits langsam rot. Die vielen Luxusschiffe im Yachthafen von Monaco glänzten im rosa Schimmer des von Osten her heller werdenden Himmels. Noch war alles ruhig an diesem Sommermorgen. Nur die Wellen plätscherten monoton gegen die Schiffswände. Ein knapp 50 jähriger Mann lehnte an der Reling seiner 25 Meter Yacht, auf dessen Rumpf in goldener Schrift und zierlichen Buchstaben der Name „Pawana" stand. Er schaute verträumt aufs Meer hinaus, doch waren seine Gedanken ganz wo anders. Immer wieder hob er den linken Arm und beobachtete die Zeiger seiner sündhaft teuren IWC Armbanduhr, die nur zäh in Richtung sechs Uhr rückte. Offensichtlich wartete er auf jemanden oder auf etwas das demnächst passieren sollte. Er trug sommerliche Kleidung, bestehend aus weissen Leinenhosen und einem mit Blumen verzierten Seidenhemd. Seine braune Gesichtshaut schien gegerbt, von den vielen Sonnenstrahlen. Ernsthafte Züge umspielten seinen Mund und auch die Stirne wies dunkle Falten auf. Diese Merkmale standen im krassen Gegensatz zum vielen Luxus der ihn umgab und wiesen darauf hin, dass sich das bisherige Leben von Boris Jekow nicht nur auf der Sonnenseite abgespielt hatte.

Plötzlich riss ihn der Klingelton seines Handys aus den Gedanken. Hastig ergriff er das kleine Gerät, drückte eine Taste und ging auf Empfang. Am andern Ende meldete sich eine sonore Männerstimme ohne Namen und Einleitung. Die Stimme sprach nur die fünf vereinbarten Worte: „Das Unkraut wächst nicht mehr!" Dann klickte es und die Leitung war tot.

Jekows Mundwinkel hoben sich leicht an und ein zufriedenes Lächeln zog über sein braungebranntes Gesicht, als er das Handy in seine Tasche zurück gleiten liess.

*

Ein rot/weisses Polizei Absperrband umspannte grossräumig den Tatort, als wir beim Seepark eintrafen. Uniformierte Beamte standen an den Zugängen und wiesen die, mit voranschreitender Zeit immer zahlreicher werdender Neugieriger, weg. Die Kriminaltechniker und die Wissenschaftler, sowie der Kriminalfotograf waren emsig damit beschäftigt, allfällige Spuren zu finden und zu sichern. Der Fotograf hielt alles mit seiner Kamera fest. Ein weisses Zelt spannte sich über den Toten und schützte ihn so vor den Blicken der Zuschauer. Im Innern des Zeltes unterzog der Gerichtsmediziner Dr. Frehner, die Leiche einer ersten Inspektion.

„Ein Stich mit einem spitzen Gegenstand, der den Mann offensichtlich mitten ins Herz getroffen hat" so seine kurze Ausführung uns gegenüber. „Näheres werde ich euch frühestens nach der Obduktion sagen können. Der Tod muss vor knapp einer Stunde eingetreten sein."

Via Zentrale bot ich eine Einsatzgruppe Polizisten auf, welche systematisch den Park absuchen sollten nach der möglichen Tatwaffe. Auch zwei Hundeführer wurden aufgeboten und nachdem alle eingetroffen waren machte ich ihnen ihre Aufgabe klar „...und vergesst nicht, alle Papierkörbe im Park zu durchsuchen und auch das WC-Häuschen an der Verzweigung Mythenquai/General Guisan Quai", schloss ich meine Anweisungen. Sofort nahm die Gruppe, unter der Leitung von Wachtmeister Müller, die Arbeit auf.

Ein Raubmord liess sich jetzt schon ausschliessen da der Tote noch eine Brieftasche auf sich trug, deren Inhalt das Monatseinkommen manches Familienvaters überstieg. Auch seine persönlichen Papiere befanden sich darin. Daraus war ersichtlich, dass es sich bei dem Mann tatsächlich um den bekannten Werner Hutter, wohnhaft an der Seestrasse in Zürich, also knapp einen Kilometer vom Tatort entfernt, handelte. Eine routinemässige Rückfrage in unserer Zentrale ergab, dass der Mann, ausser mit einem kleinen Verkehrsunfall, bisher noch nie bei der Polizei in Erscheinung getreten war. Trotzdem war Werner Hutter nicht nur der Polizei, sondern der gesamten Bevölkerung von diversen Medien und Fernsehauftritten, bestens bekannt, als landesweiter Politiker im Nebenamt. Im Handelsregister war er als alleiniger Inhaber der Import/Export Firma „WH Waren" eingetragen.

„Es sieht schlecht aus punkto Spuren" erklärte mir Max Meingut vom Wissenschaftlichen Dienst nachdem er sich aus dem weissen Leichenzelt geschält hatte. „Natürlich müssen die DNA Tupfer zuerst ausgewertet werden,

aber ich erhoffe mir nicht allzu viel davon. Wie es aussieht handelt es sich um einen vorbereiteten Mord. Es gibt weder Abwehrspuren, noch irgendwelche Hinweise, welche auf den Täter hinweisen könnten. Offensichtlich ist das Opfer seinem Mörder wort-wörtlich, direkt ins offene Messer gelaufen, wie man so zu sagen pflegt. Nichts deutet auf eine Auseinandersetzung hin und es gibt bis jetzt auch noch keine Tatzeugen."
Immerhin trug das Opfer ein i-Phone mit sich. Vielleicht ergibt sich ja daraus noch ein Hinweis auf die mögliche Täterschaft. „Wir werden das Gerät auslesen und eine rückwirkende Telefonkontrolle veranlassen. Wer weiss, vielleicht ergeben sich dann irgendwelche Ermittlungsansätze", sagte ich zu Alain. „Ich bin mir allerdings ziemlich sicher, dass wir den Täter irgendwo im Rotlichtmilieu suchen müssen".
Ich machte mir schon mal Gedanken, wie wir an die Informationen heran kommen könnten, welche Projekte und Baugesuche in letzter Zeit durch den Einsatz von Werner Hutter verhindert worden waren. Einen anderen Ansatzpunkt für unsere Ermittlungen kam mir momentan nicht in den Sinn. Das war zwar nicht viel, aber immerhin ein Anfang und wer

weiss, vielleicht war uns ja gerade diesmal das Glück hold und wir konnten die gesicherten DNA Spuren einem Verdächtigen zuordnen.

Nachdem sich mehr und mehr Medienschaffende am Tatort einfanden, war es nicht ganz einfach für die Uniformierten, die Meute hinter den Absperrbändern zurück zu halten. Gegen die grossen Teleobjektive mit welchen aus der Ferne der Tatort fotografiert wurde, gab es leider kein Mittel. Endlich traf auch der verantwortliche Funktionär unserer Medienstelle ein, welcher die Journalisten zu beruhigen versuchte. Wir besprachen uns mit ihm, und legten fest, was bis jetzt herausgegeben werden durfte. Mit Sicherheit mussten wir die Identität des Opfers vorerst noch geheim halten, denn nichts ist schlimmer, als wenn die Hinterbliebenen über die Medien erfahren müssen, dass einer ihrer Angehörigen einem Unfall oder einer Straftat zum Opfer gefallen ist.

Nachdem wir uns noch einmal einen Überblick vom ganzen Tatort eingeprägt hatten, beeilten wir uns, erst einmal der Witwe einen Besuch abzustatten um sie über die traurige Tatsache zu informieren, dass ihr Mann nie mehr nach Hause kommen würde. Mit den bisher spärlichen Ermittlungsresultaten bestückt, machten wir uns auf den Weg

*

Kaum 10 Minuten später standen wir vor dem geschmiedeten Eisentor, welches den Zutritt zum parkähnlichen Grundstück versperrte. Im Hintergrund konnten wir die im Jugendstil gebaute Villa sehen. Sie befand sich direkt auf der Kuppe eines, zum See hin steil abfallenden Hügels.
Gleich mehrere Kameras waren beim Eingangstor installiert um allfällige Eindringlinge von allen Seiten beobachten zu können. Ich drückte den Klingelknopf worauf sich eine leicht verzerrte, weibliche Stimme aus dem Lautsprecher meldete:
„Wer ist da?"
„Wir sind von der Zürcher Polizei. Dürfen wir herein kommen, wir möchten gerne Frau Hutter sprechen" meldete ich mich in Richtung Mikrofon der Gegensprechanlage. Wie von Geisterhand öffnete sich nun das schwere Tor und wir konnten hineinfahren bis vor den Hauseingang. Unter der Haustüre wartete bereits eine Frau mittleren Alters. Der Kleidung und der weissen Schürze nach zu

schliessen, eine Bedienstete. Diese grüsste uns höflich und bat uns in den Salon.

„Nehmen sie doch Platz. Frau Hutter wird sogleich kommen. Möchten sie etwas trinken?" Wir verneinten und setzten uns in die tiefen Polstermöbel. Der Salon war sehr geschmackvoll eingerichtet. Im teuren, gepflegten Parkettboden hätte man sich spiegeln können. Die Möbel passten perfekt zu den Räumlichkeiten und waren im Stil Louis XV. Die blitzblanken Fenster des Salons gaben eine atemberaubende Sicht über den Zürichsee und die Glarner Alpen frei.

„Mein Name ist Franz Buck und das ist mein Kollege Alain Bayard" stellte ich mich und meinen Kollegen vor, als die Dame des Hauses wenige Minuten später den Salon betrat. Bei Frau Hutter handelte es sich um eine grosse Frau anfangs dreissig, mit einer Figur die bei jedem Mann den Blutdruck ansteigen liess. Ihr dunkler Zweiteiler aus teurem Stoff betonte alle Vorzüge ihres perfekten Körperbaus, ohne deswegen aufdringlich oder gar billig zu wirken. „Ist etwas passiert? Womit kann ich ihnen dienen meine Herren?" fragte sie uns. Alain, mein junger Kollege aus den Walliser Bergen, schien vom Anblick der attraktiven Frau so beeindruckt, dass er seinen versteinerten Blick nicht mehr von ihr lösen konnte. Mit einem unauffälligen Kneifen holte ich ihn in die Wirklichkeit zurück.

„Ja, leider ist etwas passiert" begann ich das unangenehme Gespräch. „Ich muss ihnen eine schreckliche Mitteilung machen. Ihr Mann ist tot." Die Frau schaute mich an, als ob Sie nicht recht wisse, wie sie auf diese Hiobsbotschaft reagieren sollte. Zuerst sprach sie eine Weile gar nichts. Dann stellte sie mit leiser Stimme die Frage: „Wie ist denn das passiert? Ist er von einem Auto überfahren worden"? „Ihr Mann wurde Opfer eines Verbrechens. Man hat ihn umgebracht." „Wer macht denn so was? Das kann ich mir nicht vorstellen" sprudelte es aus ihr heraus. Dann begab Sie sich zur Bar die in einer Ecke des Salons so perfekt eingebaut war, dass man sie auf den ersten Blick gar nicht wahrnahm. Trotz der angespannten Stimmung, bewegte sie sich in einer grazilen Weise, welche die Blicke jedes Mannes auf sich ziehen musste. Sie goss sich einen, für die Tageszeit doch ziemlich grossen Schluck Cognac ein. In einem Zug liess sie die bernsteinfarbene Flüssigkeit aus dem grossen Cognac-Schwenker in Ihrer Kehle verschwinden und setzte sich anschliessend uns gegenüber in den noch freien Sessel. Ich klärte sie über unser Unwissen betreffend Täterschaft auf und stellte ihr die üblichen Fragen wie: „Hatte ihr Mann Feinde? War etwas an seinem Verhalten speziell in letzter Zeit? Ist etwas Besonderes Geschehen"? usw. All diese Fragen verneinte Sie, sodass wir auf diesem Weg nicht weiter kamen. „Erlauben sie mir, einen kurzen Blick in das Büro ihres Mannes zu werfen?" fragte ich höflich. „Selbstverständlich, schauen sie sich ruhig um." Sagte sie freizügig. „Ich glaube aber kaum, dass sie dort etwas finden werden das sie weiterbringen könnte. Mein Mann hat hier nur wenig gearbeitet. Dass meiste hat sich in seinem Geschäft abgespielt. Hier hat er vielleicht mal einen persönlichen Brief geschrieben und die Zeitungen gelesen. Viel mehr hat er hier nicht getan." Da wir noch keinen Hausdurchsuchungsbefehl hatten, beschlossen wir, es bei einer oberflächlichen Durchsicht zu belassen. Auf dem edlen Mahagoni-Schreibtisch stand ein Laptop welcher zugeklappt war. „Darf ich diesen mitnehmen?" Fragte ich die junge Witwe. „Kein Problem" antwortete sie. „Wenn es ihnen hilft, den Täter zu finden nehmen sie ihn ruhig mit, ich kann ihn sowieso nicht gebrauchen, denn ich habe meinen eigenen Computer. Ich kenne nicht einmal den Einstiegscode meines Mannes." Ich hoffte natürlich, dass unsere Spezialisten den Code knacken könnten. „Ich werde ihnen eine Empfangsbescheinigung für den Laptop zukommen lassen, sobald ich im Büro bin". Nun gab es für uns nichts mehr, was wir hier noch machen könnten und so verabschiedeten wir uns bei der Dame des Hauses. Sie führte uns zur Eingangstür indem sie vor uns her schritt. Ich war mir sicher, sie war sich der Auswirkung Ihrer Bewegungen bewusst und genoss unsere Blicke die an ihr auf und ab strichen.

*

„Ouf"! stiess Alain aus als wir wieder in unserem Dienstwagen sassen und wusch sich einige Schweisstropfen von der Stirn. „Was für ein Weib!"
„Da kann ich dir nur zustimmen. Was hältst du von ihr, ausser ihrem Aussehen"?
„Ehrlicherweise muss ich zugeben, dass ich von dieser Frau dermassen verzückt war dass mich meine Konzentration völlig im Stich gelassen hat. Es tönt unglaublich, aber ich kann mich kaum erinnern was gesprochen wurde", gab er kleinlaut zu.

„Es ist doch immer dasselbe mit dir!" rügte ich ihn freundschaftlich. „Kaum siehst du einen Rock da bist du nicht mehr zu gebrauchen".
„Tut mir leid aber so etwas Elegant-Erotisches habe ich bei uns im Mattertal wo ich herkomme, noch nie vor die Augen gekriegt" entschuldigte er sich.
„Ich verstehe dich ja, dass ihr in den Bergen vielleicht weniger so reizvoll herausgeputzte Frauen habt, aber dennoch muss ich dir sagen, dass ein Polizist immer den Überblick behalten sollte, um sich auf das Wesentliche zu konzentrieren. Auch wenn die Frauen mit denen wir es zu tun haben, oft ihre Reize als Waffen einzusetzen versuchen, um sich in eine günstige Ausgangsposition zu versetzen".
„Hast ja schon recht" drückte er hervor und machte dabei ein Gesicht wie ein Schuljunge der beim Abschreiben ertappt worden war.
„Ist dir nicht aufgefallen, dass die Frau keine einzige Träne vergossen hat? Hättest du dich an Ihrer Stelle nicht zuerst erkundigt wie das geschehen konnte und auf welche Art der Mann sterben musste? Auch habe ich die Frage erwartet nach dem Todesort." Klärte ich ihn auf. „Stimmt; jetzt wo du das sagst muss ich dir beipflichten" antwortete er. „Es gibt ja die verschiedensten Arten, mit so einer

Nachricht umzugehen". Fügte ich zu. „Die einen werden hysterisch und schreien, andere fallen in Ohnmacht, wieder andere greifen die Nachricht überbringende Person an etc. Dass aber jemand so cool bleibt und kaum eine Regung zeigt, das habe ich bislang noch nie erlebt".

Inzwischen waren wir in unserem Hauptgebäude angekommen und machten uns auf direktem Weg zum Büro des Chefs. Wir dotierten ihn über unsere bis anhin spärlichen Ermittlungsresultate auf. Gemeinsam besprachen wir das weitere Vorgehen und beschlossen, beim Staatsanwalt eine rückwirkende Telefonkontrolle auf das Handy des Getöteten und einen Hausdurchsuchungsbefehl zu beantragen, um dessen Firma einmal unter die Lupe zu nehmen.

*

Nachdem er die für ihn erfreuliche Nachricht erhalten hatte, stieg Boris Jekow zufrieden die Stufen seiner Yacht zur Kabine hinunter. Dort entledigte er sich seiner Kleider und schlüpfte noch einmal für kurze Zeit unter die Decke zu seiner hübschen thailändischen Lebenspartnerin.

Jekow genoss den Ruf eines guten Liebhabers. Mit der Treue nahm er es nicht sehr genau und er war immer zu einem Seitensprung bereit. Im Innersten seines Herzens jedoch, gehörte er ganz seiner Lebenspartnerin Rangsinee Swirawaki.

Boris Jekow war nicht einer der sich zu verstecken pflegte. Er lebte alles andere als bescheiden. Im Gegenteil, er genoss es, überall im Rampenlicht zu stehen. Kaum eine mondäne Party liess er aus und er war deshalb auch immer wieder auf den Titelblättern verschiedenster Illustrierten zu sehen, meist in Begleitung vieler weiblicher Schönheiten. Die Côte d'Azur war dafür bestens geeignet. Vor allem wenn die Internationalen Filmfestspiele in Cannes stattfanden, fühlte er sich in seinem Element, auch wenn er nicht direkt mit den Filmschaffenden zu tun hatte. Durch seinen grossen Reichtum, war er trotzdem ein sehr gern gesehener Gast und er hat auch schon manches Filmprojekt finanziell unterstützt. Zwar wusste niemand, woher sein Vermögen stammte, was die wildesten Gerüchte entstehen liess. Viele Leute sahen in ihm einen unehrlichen Verbrecher der sein Vermögen auf dem Buckel armer Leute aufgebaut haben soll. Seltsamerweise wurden diese Gerüchte aber nur hinter vorgehaltener Hand erzähl und die saubere Moral derselben Personen wich sehr schnell, wenn er seine Brieftasche öffnete und jemanden oder ein Projekt finanziell unterstützte.

Fast zwei Stunden später, erwachte langsam das Leben im Privathafen von Monaco. Auf der grossen digitalen Hafen Uhr stand inzwischen in roten Leuchtziffern 07:52. Am Quai Jean Charles Rey, der den Hafen Frontvieille säumt, stellten immer mehr Angehörige der High Society, ihre teuren Autos ab und tauschten sie mit ihren Yachten.

Jekow und seine Angebetete tauchten nun aus dem Schiffsinnern auf und setzten sich auf Deck in die bequemen weissen Ledersessel. Der Russe goss zwei Gläser teuren Champagner ein, wovon er eines seiner Geliebten reichte. Er genoss, besonders zum Frühstück, das prickelnde Gefühl, wenn das edle Getränk die Kehle hinunter floss. Wie meistens wenn er auf seiner Yacht war, fühlte er sich durch und durch wohl an diesem traumhaften Sommermorgen.

Nachdem er sein Sektglas geleert hatte, drehte er den Zündschlüssel an dem mit

Mahagoniholz unterlegten Armaturenbrett und die beiden V8 Motoren im Schiffsrumpf nahmen unter zuverlässigem Blubbern ihren Dienst auf. Gemächlich, fast lautlos glitt die „Pawana" aus dem Yachthafen aufs offene Mittelmeer hinaus. Dort schob Jekow den Gasschieberegler auf Power und der Bug des Schiffes erhob sich aus dem Wasser. Ein riesiges weisses Wellen- und Schaumband hinter sich bildend, nahm die Yacht Kurs nach Westen. Eine gute halbe Stunde später steuerte Jekow seine „Pawana" an einen freien Anlegeplatz im Privathafen von Nizza. Am Quai de Lunel, direkt beim Anlegesteg, wartete ein grosser schwarzer Mercedes der Firma AVIS samt Privatchauffeur. Nachdem der Russe und die hübsche Thailänderin ihre Yacht verlassen hatten, bestiegen sie den geräumigen, in hellem Leder gehaltenen Fond der Limousine. Der Chauffeur lenkte, auf Geheiss des Millionärs, den Wagen in die City von Nizza, wo sich die Thailänderin mitten im Einkaufsviertel, an der Verzweigung der beiden Avenues Notre Dame und Jean Médecin, von ihrem Lover verabschiedete, um eine ausgedehnte Shopping Tour zu unternehmen. Jekow selbst blieb im Wagen sitzen und liess sich zum Flughafen chauffieren.

*

Am nächsten Tag, kurz vor acht Uhr morgens begaben wir uns, bestückt mit einem Hausdurchsuchungsbefehl an die Kirchgasse im Niederdorf, wo Werner Hutter seinen Geschäftssitz hatte. Zur Unterstützung begleiteten uns noch Marcel Bänziger und Angela Wieser. Man musste damit rechnen, dass die Hausdurchsuchung längere Zeit dauern würde, da in einem Geschäftssitz erfahrungsgemäss viel Papierkram herumliegt das gesichtet werden muss.
Das Büro befand sich im ersten Stock eines alten, doch wunderschön renovierten Hauses. Es war grosszügig ausgebaut und geschmackvoll eingerichtet. Den Schlüssel dazu hatten wir in der Tasche des Toten gefunden, sodass der Zutritt zu den Geschäftsräumlichkeiten kein Problem darstellte.
Gemäss Schweizer Gesetz darf eine Hausdurchsuchung nur im Beisein einer Urkundsperson stattfinden. Sollten wir eine Amtsperson zuziehen oder einfach die Ehefrau des Verstorbenen anfragen? Obwohl der Tod ihres Mannes erst einige Stunden zurück lag

baten wir nach reiflicher Überlegung die Witwe, uns zu begleiten. Erstaunlicherweise war sie ohne zu zögern, sofort dazu bereit. Jetzt trug sie schwarze Kleider, die sie aber nicht minder attraktiv erscheinen liessen. Was ich jedoch noch immer an ihr vermisste, waren die erwarteten Trauergefühle. Ich fragte mich, ob es in dieser gehobenen Schicht üblich war, dass man seine Gefühle so im Griff hat und sie gegen aussen nicht zeigen darf oder ob die Liebe zu ihrem verstorbenen Gatten ganz einfach erloschen war und sie deshalb nicht wirklich um ihn trauerte? Ich werde das noch herausfinden, das schwor ich mir. Demnächst werde ich eine schriftliche Einvernahme mit der Witwe durchführen. Normalerweise bringt so eine Befragung in unseren kargen und schlichten Büros viel mehr Einzelheiten zu Tage und weckt entschieden mehr Gefühle in den Menschen als wenn sie in ihren eigenen Wänden, mündlich befragt werden und sie sich wohl und heimisch fühlen.

*

Pünktlich um 10:10 Uhr setzte die Linienmaschine LX 562 aus Zürich kommend, seine Räder auf die staubige Landebahn des

Mittelmeerflughafens „Côte d'Azur". Am Stehtisch einer Bar in der Ankunftshalle wartete Boris Jekow bei einer Latte Macchiato. Aus den ankommenden Touristen schälte sich ein Mann heraus, dessen Äusseres nicht zu den vielen badehungrigen Feriengästen passte. Er war mit einem grauen Massanzug und einem dunklen, tief sitzenden Hut bekleidet. Seine Gesichtshaut wies einen hellbraunen Teint auf und das pechschwarze Haar, welches hinten unter der Hutkrempe zu einem Pferdeschwanz gebunden war liess vermuten, dass seine Heimat irgendwo in Südamerika liegen dürfte. Der Mann gesellte sich an den runden Tisch zu Jekow. Die beiden begrüssten sich kurz und wechselten danach kaum mehr ein Wort. Der Ankömmling bestellte beim kleinwüchsigen, offensichtlich aus Italien stammenden Kellner, einen Espresso. Jekow legte einen Geldschein auf den Tisch und bezahlte die beiden Getränke, als der Kellner den Espresso lieferte.

Die Aufmerksamkeit, welche beide ihrer Umgebung widmeten sprach Bände. Sie schauten sich unsicher um und erst als sie sich unbeobachtet fühlten, überreichte Jekow dem Fremden unauffällig einen dicken Umschlag. Der Mann warf einen kurzen Blick hinein, und liess ihn wortlos in der Innentasche seines Vestons verschwinden. Jeder einigermassen aufmerksame Beobachter hätte sofort bemerkt, dass hier ein unsauberes Geschäft am Laufen war. Kurz nach der Übergabe, entfernte sich Jekow vom Kaffeetisch, ohne sich von seinem Besucher zu verabschieden. Er verliess zielstrebig das Flughafengebäude während der Fremde in einem Zug seinen Espresso austrank und danach gemütlichen Schrittes zur Abflughalle schlenderte.

Jetzt schienen sich beide ihrer Sache sicher, denn niemand rund herum hatte von ihnen und ihrer Handlung Notiz genommen. Ein Anfängerfehler; wie sich später zeigen sollte, der einem Profi nicht passieren dürfte. Die Kaffeebar befand sich in der Eingangshalle des Flughafengebäudes. Der erste Stock war terrassenähnlich gebaut und man hatte von dort einen hervorragenden Überblick über das gesamte Treiben in der Eingangshalle. Dort oben stand ein Mann am Geländer und beobachtete scheinbar uninteressiert das Geschehen eine Etage unter ihm. Jeder sah in ihm einen Touristen, der die Zeit bis zu seinem Abflug irgendwie zu verbringen suchte. Ein Rucksack der offensichtlich schon bessere

Tage gesehen hatte, stand neben seinen Füssen. Wie für Touristen üblich, schoss der Mann ein paar Bilder von der Flughafenhalle unter ihm, bevor er seine Kompaktkamera in seiner Tasche verschwinden liess. Mit derselben Handbewegung zog er sein Handy aus der Tasche und tippte eine längere Nummer ein. Kaum hatte er Verbindung, packte er mit einer Hand seinen Rucksack und entfernte er sich vom Geländer. Er redete offensichtlich mit jemandem in seiner Muttersprache.

Der Mann hatte eine ähnliche Hautfarbe wie der Fremde und auch die Schwärze seines Haares stand der des Jekow Besuchers in keiner Weise nach. Unzweifelhaft handelte es sich auch bei diesem Mann um einen Südamerikaner welcher, im Gegensatz zum Jekow Besucher, auf die günstigere Art, Europa zu bereisen schien.

*

Das Büro an der Kirchgasse war wie erwartet voller Ordner und Papiere. Bald einmal fiel uns auf, dass sich erstaunlicherweise nur sehr wenige bis gar keine Unterlagen in den verschiedenen Ordnern befanden, die auf einen Import Export Handel hinwiesen. Vielmehr könnte es sich bei diesem Büro um die Hinter Kammer eines Reisebüros handeln. Uns fielen unzählige Unterlagen und Prospekte des Reisebüros „Well Asia" in die Hände. Ausgerechnet das Reisebüro an der Langstrasse, welches für uns schon lange auf der schwarzen Liste stand. Wir waren überzeugt, dass dort Thailandreisen der übelsten Sorte verkauft wurden. Nur, beweisen liessen sich diese Vermutungen bis heute nie.

Es brauchte kein psychologisches Studium um den Gesichtszügen von Frau Hutter zu entnehmen, dass es ihr offensichtlich nicht mehr ganz wohl war bei diesen Enthüllungen. So glich es eher einer Rechtfertigung, als sie uns sagte: „Mein Mann hat eng mit Thailand zusammen gearbeitet. Details über die Art dieser Verbindungen oder gar einzelne Namen kann ich Ihnen leider keine nennen. Mein Mann hat nie mit mir über seine Geschäfte gesprochen. Dass er gute Geschäftsbeziehungen nach Thailand pflegte weiss ich nur, weil er fünf- bis sechs Mal jährlich dorthin geflogen ist. Er hat immer gesagt, für ihn sei Thailand einer der wichtigsten Weltmärkte für gute Aufträge. Wir haben aber Geschäftliches und Privates

strickte getrennt und deshalb habe ich ihn auch nie bei einer Geschäftsreise begleitet."
Nebst vielen Papieren und Unterlagen stellten wir auch den Computer und ein Laptop sicher. Diese Geräte sollten später unsere Spezialisten sichten und deren Festplatten durchkämmen.
Die Mittelschublade des Schreibtisches barg im Innern noch ein verschlossenes Geheimfach. Keiner der sichergestellten Schlüssel passte dazu und auch die Witwe konnte uns nicht weiterhelfen. So gab sie uns, nach kurzem Zögern die Bewilligung, das Fach aufzubrechen, was wir allerdings auch ohne ihre Zustimmung getan hätten.
Nach kurzer Bearbeitung mit einem grossen Schraubenzieher, splitterte das Holz und liess uns freien Zugang zu dem Fach. Darin fanden wir eine Agenda mit vielen Adressen sowie ein ziemlich dicker, zugeklebter Briefumschlag. Beides nahmen wir an uns und, nachdem wir das ganze sichergestellte Material nummeriert, aufgelistet und in mitgebrachten Behältnissen verstaut hatten, verliessen wir mit gefülltem Kofferraum die Altstadtadresse und begaben uns wieder in unsere eigenen, weniger luxuriös ausgestatteten Büroräumlichkeiten.

*

In unserem Büro stapelten sich die Kisten mit den sichergestellten Gegenständen. Nun fing für uns die Sisyphusarbeit an. Wir mussten alle sichergestellten Papiere sichten und überprüfen. Zuerst öffnete ich den Umschlag welchen wir im Geheimfach des Schreibtisches gefunden hatten. Mir stockte der Atem und ich hatte das Gefühl, meine sämtlichen Körperhaare richteten sich auf. Ich hatte in meiner polizeilichen Tätigkeit schon viele grausame Bilder von zerstückelten Leichen und halb verwesten Körperteilen, auch in Natura zu Gesicht bekommen, doch was ich hier aus diesem so unscheinbaren Briefumschlag zum Vorschein brachte, stellte auch für mich alles bisherige in den Schatten. Im Umschlag befanden sich Fotos der übelsten Sorte. Es waren Fotos, offensichtlich aufgenommen mit versteckter Kamera. Diese zeigten Männer die sich auf perverseste Art an Kindern vergingen. Bei den Opfern handelte es sich ausschliesslich um Knaben und Mädchen asiatischer Abstammung. Als ob dies nicht schon schlimm genug wäre, erkannte ich unter den Tätern mehrere Männer die hier in der

Schweiz im öffentlichen Dienst hohe Ämter bekleideten!
Ich wollte und konnte nicht glauben was meine Augen da zu Gesicht bekamen. Es überstieg das momentan Erträgliche und ich musste dringend eine Pause einlegen. Ich verschloss den brisanten Fund in meinem Bürotisch und lud Alain zu einem Bier ins Rest. Biergarten an der Hohlstrasse, unweit unseres Arbeitsortes ein. Wie in Trance, unter Schock stehend sassen wir am Ecktisch und hielten stumm unsere Gläser in der Hand.
Alain brach als Erster das Schweigen. „Ich schlage vor, wir organisieren noch einige Kollegen und holen die abgebildeten Personen noch heute ab und sperren sie sofort ein. So eine perverse Gesellschaft darf keine Stunde länger in Freiheit leben." Einmal mehr musste ich ihn bremsen und versuchte ihm klar zu machen, dass dies einiges an Vorbereitungen braucht, damit die Verhaftungen später auch vor dem Haftrichter standhielten. Ungern nahm er diese Belehrungen zur Kenntnis und er versuchte mich umzustimmen und sofort etwas zu unternehmen. „Ich habe einen Eid abgelegt der mich verpflichtet zu handeln, wenn ich grobe Gesetzesverstösse feststelle" sagte er vorwurfsvoll. „Ich auch, glaub mir.

Nichts liegt mir ferner als diese Halunken laufen zu lassen. Gerade deshalb dürfen wir nichts Unüberlegtes tun, denn sonst sind diese Leute wieder auf freiem Fuss, bevor du zu Hause bist. Zumal es sich um hohe Persönlichkeiten handelt. Wir machen unsere Arbeit sauber fertig und erst wenn wir alles zusammen haben, dann schlagen wir zu und so können wir auch damit rechnen, dass die Anklage allen juristischen Angriffen standhält."
„Wahrscheinlich hast du ja recht" gab er halblaut von sich. Wir beschlossen, erst einmal das weitere Material zu durchkämmen. Das Meistversprechendste und Naheliegendste war sicher, mit der ebenfalls im Geheimfach aufgefundenen Agenda zu beginnen. Darin befanden sich nebst rund 30 weiteren Namen und Adressen auch diejenigen der bekannten Personen, welche wir auf den abscheulichen Fotos wieder erkannten. Wir mussten davon ausgehen dass es sich bei den weiteren Adressen um die Männer handelte, welche für uns als Unbekannte auf den Fotos zu sehen waren. Hinter jedem Namen stand noch eine Vier- oder fünfstellige Zahl. Mit diesen Zahlen konnten wir vorerst noch nichts anfangen. Sie

schienen uns momentan aber auch nicht wichtig für die weiteren Ermittlungen.
Als erstes, verglichen wir alle Namen mit unseren Registern. Die bekannten Personen konnten wir darin nicht finden aber von den ca. 30 unbekannten Namen war rund ein Drittel verzeichnet. Drei davon wegen Pädophilie und acht waren mal in ein Verfahren wegen Kinderpornographie verwickelt, welches vor wenigen Jahren europaweit die Polizei beschäftigte und ein grosses Medienecho ausgelöst hatte. Bis in die späten Abendstunden beschäftigten wir uns mit der Durchsicht der weiteren Schriftstücke. Diese brachten uns die Gewissheit, dass der „saubere" Politiker, Werner Hutter, enge Verbindungen zum Reisebüro „Well Asia" unterhielt. Wir beschlossen, diesem Reisebüro am nächsten Tag einen Besuch abzustatten. Für heute war unser Arbeitspensum mehr als erfüllt und wir begaben uns in den wohlverdienten Feierabend.

*

Ich weiss, unser Job ist manchmal sehr nervenaufreibend und er kann einen wirklich psychisch belasten. Ich habe das Glück, dass ich mit dem Schliessen der Bürotür auch die Arbeit hinter mir lassen kann und nicht mehr als Polizist, sondern als reiner Privatmann die Freizeit geniessen kann. In meinem Freundeskreis gibt es denn auch nur vereinzelt Polizisten mit denen ich die Freizeit verbringe. Zwar komme ich mit den meisten sehr gut aus aber es ist einfach so, dass Polizisten, wenn sie unter einander sind, immer wieder auf ihren Job zu sprechen kommen. Ich denke, in einem andern Beruf ist dies weniger der Fall.

Die Fähigkeit, die Geschäfte mit dem Abschliessen der Bürotür hinter mir zu lassen, ging mir an diesem Abend jedoch völlig ab. Zwar fuhr ich noch bei meiner Freundin Karin vorbei und wir assen zusammen eine Kleinigkeit. Sie ist eine vorzügliche Partnerin. Mit ihr kann man über alles reden und sie hat die nötige Geduld und das Verständnis, das es braucht wenn man einen Polizisten der Mordkommission als Freund hat. Wir kennen uns nun seit mehr als fünf Jahren. Ein Zusammenziehen ist aber für uns beide kein Thema und von Heirat kann keine Rede sein. Wir lassen uns gegenseitig unsere Freiheiten aber wenn wir jemanden brauchen, sind wir stets für einander da. Ich bin glücklich, sie an meiner Seite zu wissen.

Ich hatte zuvor schon mehrere Verhältnisse aber alle gingen früher oder später wegen meines Berufes in Brüche. Ich glaube kaum, dass es eine andere Berufsgattung gibt, die einen so hohen Prozentsatz an zerbrochenen Beziehungen aufweist wie der Polizeiberuf, insbesondere den der Kriminalpolizei. Leider war es mir aus Gründen des Berufsgeheimnisses nicht erlaubt, im Detail mit ihr über meinen neuesten Fall zu sprechen. Das musste ich ihr klar machen, denn sie merkte sofort, dass mich etwas über das übliche Mass hinaus beschäftigte. „Du hast doch irgendetwas" sagte sie zu mir. „Glaubst du ich merke es nicht? Ich kenne dich inzwischen gut genug um zu spüren, dass etwas mit dir nicht stimmt. Willst du mir nicht sagen was dich bedrückt"? Zärtlich strich sie dabei über meine Wange. Ich erklärte ihr, dass ich gerne mit ihr reden würde, dass mir dies aber aufgrund des Berufsgeheimnisses untersagt sei. Einmal mehr bewunderte ich ihr Verständnis. Jede andere Frau hätte mich mit Fragen durchlöchert. Sie aber akzeptierte es, dass ich nicht darüber sprechen konnte. „Du wirst es früher oder später in der Zeitung lesen. Wenn der Fall abgeschlossen ist, können wir darüber reden" sagte ich ihr. „Was ich dir aber jetzt schon sagen kann ist die Tatsache, dass mein neuester Fall brisanter und schlimmer ist als alle bisherigen Fälle die ich bearbeitet habe".

Nach dem kurzen Abendessen fuhr ich nach Hause. Auf dem Motorrad konnte ich jeweils meinen Kopf lüften und schon oft half mir eine Motorradtour, klare Gedanken zu fassen, wenn ich vor einem beruflichen oder persönlichen Problem stand. Heute aber, wollte mir auch dieses „Heilmittel" nicht helfen. Zwar hängte ich noch eine kleine Schleife von einigen Kilometern an meinen Heimweg an, doch merkte ich bald, dass ich diesmal keine Ruhe finden würde, selbst wenn ich bis nach Spanien gefahren wäre. In meiner Wohnung angekommen, fand ich noch immer keine Ruhe. Ich schaltete das Fernsehgerät ein und wollte mich auf diese Weise ablenken. Dummerweise lief gerade eine Nachrichtensendung über den Bildschirm und ich wurde noch einmal mit dem Tötungsdelikt Werner Hutter berieselt. Nachdem wir bei der Witwe gewesen waren und ihr die Todesnachricht überbracht hatten, wurde der Name Werner Hutter nicht mehr länger geheim gehalten. In der Folge äusserten sich verschiedenste Passanten, aber auch Bekannte des Politikers vor der Fernsehkamera und alle lobten seine korrekte und gradlinige Einstellung und Lebensweise. Mir war das zu viel und ich drückte den „Aus" Knopf der Fernbedienung. „Wenn die wüssten, was ich weiss", ging es mir durch den Kopf. Alle Versuche, auf andere Gedanken zu kommen scheiterten. Immer wieder gingen mir die unglaublichen Fotos durch den Kopf und das Vertrauen in Politik und Wirtschaft schwand von Minute zu Minute.

Schliesslich begab ich mich gegen 23:00 Uhr zu Bett, wo ich trotz grosser Müdigkeit keinen Schlaf finden konnte. Wenn ich kurz einschlief, verfolgten mich die Bilder noch im Schlaf und ich wachte schweissgebadet immer wieder auf.

*

Am folgenden Morgen orientierte ich am Frührapport die restlichen Mitarbeiter unserer Abteilung über den Ermittlungsstand im Tötungsdelikt Werner Hutter. Auf Anraten unseres Chefs, ging ich nicht ins Detail, denn auch wenn ich sicher war, dass ich meinen Kameraden unserer Abteilung vertrauen konnte, so sollte man einen so brisanten Fall, der die höchsten Kreise unseres Landes betraf, im möglichst kleinen Kreis behalten. So wusste denn nur Alain, mein Chef und ich, über den Inhalt des gefundenen Umschlages und die grässlichen Fotos Bescheid. Unser Chef, Beat Koch, bat mich und den mir zugeteilten Kollegen Alain Bayard, sowie die beiden an der gestrigen Hausdurchsuchung beteiligten, Angela Wieser und Marcel Bänzinger, im Anschluss an den Rapport in sein Büro zu kommen, um das weitere Vorgehen im kleinen Kreis zu besprechen.

Kurze Zeit später, fanden wir uns am runden Tisch des Chefbüros, unserem Vorgesetzten gegenüber.

Zuerst machte uns Beat Koch auf das grosse Problem im Umgang mit den Medien aufmerksam. Die verschiedensten Journalisten liefen förmlich Sturm und wollten unbedingt Näheres erfahren über den gewaltsamen Tod des bekannten Politikers. Noch durften wir keine Details durchsickern lassen, da dies den weiteren Verlauf der Untersuchungen massiv erschwert hätte. Der Chef bat schliesslich Marcel Bänziger und Angela Wieser, sich mit den sichergestellten Gegenständen zu beschäftigen. Sie sollten das sichergestellte

Material sichten und wenn nötig, auswerten oder überprüfen. Diese beiden wurden nun aus logischen Gründen auch über die weiteren Details des brisanten Falles aufgeklärt. Deshalb legte ich alle bisherigen Fakten vor und wir berieten anschliessend über die verschiedenen Möglichkeiten der weiteren Schritte.

Obwohl jeder wusste, dass darüber mit niemandem gesprochen werden darf machte uns unser Chef noch einmal auf die totale Schweigepflicht aufmerksam. „Ich möchte nicht, dass ihr mit irgendjemandem darüber sprecht, selbst besten Kollegen gegenüber, gilt absolutes Schweigen. Ist das allen klar? Auch bitte ich euch, ein sogenanntes „Projekt" im Computer zu eröffnen, was den restlichen Korpsangehörigen jeglichen Einblick in den Fall verwehrt. Wir wissen ja, dass jeder Fall der bei uns behandelt wird, grosses Interesse bei den restlichen Arbeitskollegen auslöst und gerne von absolut unbeteiligten Polizisten aus reiner Neugier in unseren Fällen herumgeschnüffelt wird. Ich wünsche, dass ihr sämtliche Rapporte und Befragungen die diesen Fall betreffen, vorerst in diesem Projekt schreibt." „Wie sollen wir es nennen?" fragte ich den Chef. „Das ist mir egal, was schlagen sie vor?" Nach kurzer Überlegung sagte ich „Wie findet ihr „Politik" als Decknamen?" „Das ist OK. Kurz und bündig", waren sich alle einig. Marcel und Angela begaben sich in unser Büro um die sichergestellten Unterlagen zu holen und zu durchkämmen. Alain und ich beschlossen, als erstes dem Reisebüro „Well Asia" einen Besuch abzustatten und anschliessend die verschiedenen Personen welche wir aus der sichergestellten Agenda kannten, zur Befragung in unsere Dienststelle vorzuladen.

*

Die Langstrasse ist bekannt als Zürcher Pendant zur Hamburger Reeperbahn. Striplokale, Sexshops und gleichgelagerte Kinos wechseln sich in bunter Reihenfolge mit einschlägigen Bars und Kneipen ab. Auf den Gehsteigen lümmeln sich Drogenhändler, Zuhälter und sonstige dunkle Gestalten. Neonröhren in allen Farben und Formen spiegeln sich in den Karosserien und Fensterscheiben der vorbeifahrenden Autos. Unweit der Bushaltestelle Militär-/Langstrasse, wartete eine schwergewichtige

Afrikanerin mit ihren beiden Kindern auf den Bus der Linie 32. Unmittelbar gegenüber liegt die Bar „Orchidee", in deren Innern sich Frauen aus Thailand für Massagen und anderes anbieten. Rechts davon, im gleichen Gebäude befindet sich das Reisebüro „Well Asia". Als wir dieses betraten, sass hinter der Verkaufstheke ein Mann mit asiatischem Einschlag. Rechts und links standen mannshohe Regale mit Reiseprospekten und Asien Literatur. Kunden waren so kurz nach Türöffnung noch keine im Geschäft. Umso besser für uns.

Nachdem ich uns vorgestellt hatte, musste sich der Reiseverkäufer alle Mühe geben um ruhig zu wirken. Wir bemerkten unschwer an seinem ganzen Gesichtsausdruck und seinen Bewegungen, wie unangenehm ihm unser Besuch war.

„Meine Herren, was kann ich für sie tun?" fragte er gespielt höflich. „Möchten sie Ihre Ferien im asiatischen Raum verbringen, dann sind sie bei uns richtig" fügte er scheinheilig bei. Dabei zitterten seine Finger als halte er einen Kompressor in den Händen.

„Zur Zeit haben wir alles andere als Ferien im Kopf" antwortete ich ihm und redete nicht lange um den heissen Brei sondern kam sofort zur Sache. „Kennen sie Herrn Hutter?" fragte ich unumwunden.

„Aus der Zeitung" kam seine kurze Antwort. „Das ist ja schrecklich, was mit diesem guten Politiker geschehen ist" fügte er zu.

„Meine Frage war nicht ob sie von seinem Tod gehört haben, sondern ob sie ihn persönlich gekannt hatten" gab ich ihm ziemlich schroff zur Antwort.

„Also äh....nicht das ich wüsste" stammelte er „ich müsste in unseren Unterlagen nachschauen ob er schon einmal eine Reise bei uns gebucht hat". Die Lüge stand ihm ins Gesicht geschrieben.

„Spielen sie kein Theater und sagen Sie uns die Wahrheit! Was spielt Werner Hutter in ihrem Geschäft für eine Rolle?" Aufgrund der Tonlage meiner Stimme konnte ihm nicht entgangen sein, dass ich langsam die Geduld verlor. Ich beobachtete ihn genau und las förmlich von seinem Gesicht ab wie es hinter seiner Stirn arbeitete. Schliesslich rang er sich durch und sagte:

„Herr Hutter hat ein paarmal bei uns gebucht und hat uns auch ab und zu Kunden vermittelt. Das ist alles. Man kann sagen, er war ein guter Kunde. Wir bedauern seinen Tod sehr".

„Und, ist das alles was sie uns über Herrn Hutter erzählen können" fragte ich ziemlich schroff. „Ich wüsste nicht, was ich ihnen noch erzählen könnte. Ich kenne unsere Kunden schliesslich nur von den Buchungen her. Ich führe mit ihnen keine privaten Gespräche" antwortete er gereizt.
„Ich glaube ihnen kein Wort aber wer weiss, vielleicht fällt ihnen ja noch etwas ein, wenn sie erst mal in Haft sitzen".
„Soll das etwa eine Drohung sein? Was wollen sie von mir? Ich habe schliesslich nichts verbrochen" versuchte er sich zu verteidigen.
„Es ist schon seltsam. Alleine die Tatsache, dass sie anfänglich Herrn Hutter gar nicht kennen wollten obwohl er ja ihrer Aussage nach, ein normaler und sehr guter Kunde war, macht sie verdächtig. Finden sie nicht? Ich garantiere ihnen, wir sehen uns noch!" Mit diesem Denkanstoss verabschiedeten wir uns und verliessen das Geschäft. Sein anfänglich freundliches asiatisches Gesicht wurde zu einem einzigen Fragezeichen als er uns nachschaute bis wir seinem Blickfeld entschwanden. Noch wussten wir zwar nichts über die Hintergründe der Verbindung von Hutter und dem Reisebüro „Well Asia". Unser Besuch sollte erst einmal ein Schuss vor den

Bug bedeuten und die zuständigen Leute nervös machen. Dieses Vorhaben schien uns mit dem kurzen Besuch gut gelungen zu sein.
„Warum hast du diesen schleimigen Kerl nicht gleich eingepackt und mitgenommen? Der lügt doch jedes Mal wenn er den Mund öffnet" wollte mein ungestümer Kollege Alain wissen.
„Hast du schon einmal erlebt, dass jemand in Haft genommen wurde nur weil die Polizei der Meinung ist, der Mann lüge? Es ist bei uns leider so, dass jeder, auch wenn er angeschuldigt ist, lügen darf. Wir sind hier, um diese Lügengeschichten die uns täglich aufgetischt werden aufzudecken und das Lügengebilde zum Einsturz zu bringen."
Einmal mehr musste ich ihm erklären, dass ruhiges Abwarten oftmals zu besserem Erfolg führt als wenn man sich wie ein Elefant im Porzellanladen benimmt und am nächsten Tag alles wieder über den Haufen geworfen wird, weil die Beweise noch nicht stichhaltig genug untermauert sind. Zu Fuss gingen wir die wenigen hundert Meter zum Kripogebäude zurück.
Als nächstes verschickten wir Vorladungen an die Adressen der Unbekannten aus der geheimen Privatagenda des Getöteten. Wir wollten möglichst bald alle Personen befragen

um vielleicht doch noch die Art der Geschäftsverbindungen zwischen dem Reisebüro „Well Asia" und Werner Hutter aufdecken zu können.

*

Vor dem Schminkspiegel auf der stilvollen Kommode des fürstlich eingerichteten Schlafzimmers, trug Barbara Hutter soeben ihren leichten Lidschatten im makellos aber dezent geschminkten Gesicht auf, als die Glocke des Eingangstores ihres Grundstückes ertönte. Wie sie unschwer im Videosystem erkennen konnte, standen schon wieder die beiden Polizisten vom Vortag am Tor und begehrten Einlass.
Minuten später sassen wir der begehrenswerten Frau erneut im Salon gegenüber. Diesmal war Alain auf deren Anblick vorbereitet und er hielt sich besser unter Kontrolle als beim ersten Besuch. Nach einigen nichtssagenden Sätzen kamen wir auf den Kernpunkt unseres Erscheinens. Wir stellten der Frau Fragen über ihr Zusammenleben mit dem verstorbenen Mann und über dessen Geschäfte. Nachdem sie längere Zeit ihre Beziehung als perfekt und

harmonisch dargestellt hatte wurde sie plötzlich sehr ruhig. Ihre Gesichtszüge verdunkelten sich und eine Träne rann ihr über das hübsche Gesicht. Zuerst glaubte ich, dass sich nun die erwartete Trauer einstellen würde und war deshalb völlig überrascht als sie sich uns gegenüber öffnete und mit der Erklärung begann, dass wir alles vergessen sollten was sie bis jetzt gesagt habe. „Unsere Beziehung war seit bald zwei Jahren nur noch eine Vernunftehe. Wir redeten kaum mehr miteinander und unsere gegenseitige Liebe war völlig erloschen. Er lebte sein Leben, ich meines. Wir hatten uns nichts mehr zu sagen. Nicht etwa, dass es um eine andere Frau gegangen wäre, das hätte ich vielleicht noch verstanden und verziehen. Es war viel schlimmer. Ich habe ihn einmal überrascht, als er sich Kinderpornos zu Gemüte führte, welche ihn offensichtlich erregten." Sie schwieg und begann jetzt richtig zu weinen. Ich reichte ihr ein Papiertaschentuch und wir liessen sie ihre Gefühle verarbeiten. Nach kurzer Zeit hatte sie sich aufgefangen, so dass sie wieder normal sprechen konnte.

„Ich machte mir natürlich jetzt meine Gedanken" begann sie noch stotternd. „Ich fragte mich, welchen Geschäften er wohl wirklich nachgehen würde in Thailand, dass er mehrmals im Jahr dorthin reisen musste. Jedermann weiss ja, dass in Thailand die schrecklichsten Sachen laufen punkto Prostitution und Pädophilie. Das Ganze ging so weit, dass ich ihm einen Privatdetektiv an die Fersen heftete welcher ihm bis nach Thailand gefolgt ist. Mein ganzes Inneres sträubte sich dagegen, die Berichte über dessen Beobachtungen zu glauben die der Detektiv mir von dort übermittelte. Ich wusste nun, dass Werner seine perversen Gelüste nicht nur visuell genoss, sondern diese auch in Natura auslebte. Ab diesem Zeitpunkt widerte er mich richtiggehend an. Ich habe mir ein anderes Schlafzimmer eingerichtet und ich bin ihm soweit es ging immer ausgewichen. Wegen seiner Position in der Öffentlichkeit wollten wir das Ganze nicht auffliegen lassen und so trafen wir das ungeschriebene Abkommen, dass jeder von uns sein eigenes Leben gestalten würde. Ich habe mich nur noch sehr selten in der Öffentlichkeit an seiner Seite blicken lassen. Ich ertrug diese Lügengeschichten nicht mehr. Ich ekelte mich richtiggehend vor ihm. Allein schon seine Nähe zu mir liess mich erschaudern."

Offensichtlich erleichtert durch diese Aussage, bot sie uns noch einen Kaffee an, welchen wir diesmal nicht ablehnten. Schliesslich bedankten wir uns bei der sichtlich mitgenommenen Frau und verabschiedeten uns. „Vielen Dank, sie haben uns sehr geholfen." Versicherte ich ihr. „Wir können ihnen leider nicht versprechen, dass niemand von diesen Machenschaften erfahren wird. Wir unsererseits werden uns hüten, irgendetwas an die Öffentlichkeit zu tragen. Leider sind nach heutigem Wissensstand zu viele Leute in diesem Dreckgeschäft involviert, sodass es kaum für längere Zeit wird verheimlicht werden können. Ich hoffe, dass man sie dann nicht auch noch in den Dreck ziehen wird". Mit diesen Worten verabschiedeten wir uns. Wir wussten nun einiges mehr, sodass wir anschliessend in unser Büro zurückkehren konnten. Der Fall nahm langsam Farbe an.

*

Pünktlich zur vorgegebenen Zeit landete die Air France Maschine aus Nizza kommend in Paris Charles de Gaulle. Die meisten Passagiere begaben sich sofort zur Gepäckausgabe. Einige Passagiere aber, schlenderten oder rannten, je nachdem wie viel Zeit ihnen für ihren Weiterflug blieb, in Richtung Transit. Unter den langsam gehenden Transitpassagieren befand sich auch der Mann mit dem Hut und dem Massanzug. Vor der grossen Leuchttafel mit den Flugverbindungen blieb er einen Moment stehen und suchte die Flugnummer AF 417. Nach kurzem Überblick fand er die gesuchte Flugnummer und stellte fest, dass das Flugzeug am Gate C 23 stehen würde. Bis zum Einsteigen blieben ihm noch fast zwei Stunden und er beschloss, sich in ein Restaurant zu setzen wo er sich ein „Kronenburg 1664" gönnte. Obwohl er genügend Zeit hatte und sich all die vielen teilweise sehr hektisch wirkenden Reisenden anschaute, fiel ihm nicht auf, dass unweit von ihm ein jüngerer Mann mit einem von der Sonne abgestorbenen Rucksack stand und an seinem Handy eine ziemlich angeregte Diskussion führte. Diesen Mann hätte er eigentlich schon in Nizza sehen müssen, wenn er sein Augenmerk nicht nur auf die eigenen Ebene, sondern auch eine Etage höher gerichtet hätte. Als der Unbekannt sein Telefongespräch beendet hatte, ging er davon in Richtung Gates.

Die Zeit verstrich und, nachdem der massgekleidete Südamerikaner auch noch ein zweites Bier ausgetrunken hatte, stand er auf und begab sich zum besagten Gate C 23. Obwohl noch nicht sehr viele Passagiere im Warteraum sassen, fiel ihm auch jetzt nicht auf, dass der junge Tramper ähnliche Mann bereits in der zweithintersten Reihe der Wartehalle Platz genommen hatte.
Allmählich füllten sich die Sitzreihen der Wartehalle. Die Boeing 777 stand am Fingerdock bereit, als die freundliche Stimme der Ground Hostess im Lautsprecher ertönte und die wartenden Passagiere nach Buenos Aires zum Einsteigen aufrief. Der Mann mit dem dunklen Hut stand auf und begab sich in Richtung Einstiegskontrolle und auch der weniger schön Gekleidete mit dem alten Rucksack folgte ihm in einigen Metern Entfernung.

λ

Am folgenden Tag fand ich in meinem Postfach im Geschäft einen Umschlag von unserer Elektronik Abteilung. Darin steckten bereits die Auswertungsresultate der sichergestellten Computer. Offensichtlich konnte eine grosse

Anzahl thailändischer Adressen sichtbar gemacht werden. Auch mussten sich vor nicht allzu langer Zeit eine Menge Bilddateien auf dem Gerät befunden haben, welche inzwischen jedoch gelöscht worden waren. Den Spuren nach die sie auf den Festplatten hinterlassen hatten dürfte es sich allerdings um Bilder von Internet Downloads handeln, deren Anbieter bekannt waren für legale und illegale Pornoproduktionen.

Dasselbe galt auch für die erste Auswertung vom Handy des Toten. Zwar waren die rückwirkenden Daten noch nicht eingetroffen aber die hauseigene Auswertung des Gerätes ergab, dass sehr oft Gespräche zwischen dem Reisebüro „Well Asia" und Werner Hutter stattgefunden hatten. Kontakte zwischen den in der Agenda aufgeführten Herren und dem Handybesitzer waren keine sichtbar.

Auf 09:00 Uhr hatten wir die bis anhin unbekannten Auskunftspersonen aus der Agenda des Verstorbenen vorgeladen. Die Arbeit wurde auf uns vier mit der Sache vertrauten Kollegen verteilt, sodass alle diese Männer möglichst gleichzeitig befragt werden konnten. Es zeigte sich, dass wir ausnahmslos jeden der Befragten auf einem dieser abscheulichen Fotos wieder erkennen konnten. Einige der Befragten waren ziemlich verstockt. Sie wollten ohne Anwalt keine Aussagen machen. Andere hingegen hielten dem Druck nicht stand und nach Vorlage ihres eigenen, kompromittierenden Fotos fiel das Lügengebäude in sich zusammen und sie begannen auszusagen. Natürlich beschönigten sie ihr perverses Treiben indem sie beteuerten, diesen Kindern nur Gutes getan zu haben. Sie hätten ihnen nur die Liebe gegeben welche sie als Strassenkinder vermisst hätten etc. Mich kotzte das Ganze derart an, dass ich nichts mehr davon hören wollte.

Immerhin waren die Aussagen sehr aufschlussreich und wir konnten zusammenfassend sagen, dass wir als Nebenerscheinung des Tötungsdeliktes einen ganzen Ring von Pädophilen mit einem Schlag ausgehoben hatten. Alle diese Befragten wurden nämlich auf der Stelle eingesperrt und sie sollten, wenn es nach uns ginge, jetzt hinter Gittern auf ihren Prozess warten. Auch ging aus den Befragungen hervor, was die Zahlen hinter den verschiedenen Namen bedeuten. Es sind die erpressten Geldbeträge welche je nach Position und Vermögen des Erpressten, zwischen 8000 und 75'000 Franken variierten. Wenn man davon ausging, dass alle erpressten Geldbeträge aufgeführt sind in der Agenda, so hatte der Ermordete auf diese Art sein Einkommen bereits über eine halbe Million Franken „aufgebessert".

Ein weiterer wichtiger Hinweis ging ebenfalls aus der Zusammenfassung aller Befragungen hervor: Beim Reisebüro „Well Asia" konnte man zusätzlich zur Reise gleich auch noch ein, je nach Veranlagung, mit einem Mädchen oder Buben „bestücktes" Hotelzimmer buchen. Als ob es sich bei diesen wehrlosen Geschöpfen um Mietautos oder sonstige Gegenstände handeln würde. Abscheulich! Das Reisebüro selbst wollte sich allerdings die Hände nicht verbrennen und bot diese Kinder nicht selbst an. Es arbeitete aber mit einer Drittperson zusammen, welche jeden Wunsch der perversen Reisegäste erfüllte. Vieles deutete daraufhin, dass es sich bei dieser Drittperson um unser „sauberes" Mordopfer, Werner Hutter handelte.

*

In einem nächsten Schritt wollten wir die prominenten Personen befragen und im Sinne der Gerechtigkeit ebenfalls einsperren. Wie heisst es doch immer: Vor dem Gesetz sind alle gleich! Ich hoffte, dass sich dieser alte Spruch auch in unserem jetzigen Fall bestätigen würde. Leider blieb es bei der Hoffnung. Schon das Ausstellen der Verhaftsbefehle erwies sich alles andere als einfach. Bei der Staatsanwaltschaft wollte niemand der Böse sein und so liess sich vorerst kein einziger Staatsanwalt finden der bereit war, die nötigen Papiere auszufüllen. Immerhin befanden sich unter den Angeschuldigten, Staatsanwalt Claudio Briselli und ein Parlamentarier! Allein meine Anfragen lösten einen grossen Wirbel aus, mit der Konsequenz, dass ich am Nachmittag ins Büro unseres Chefs beordert wurde.

„Du weisst, wie sehr ich dich und deine Leistung schätze" begann er die Konversation. „Nun muss ich dich aber bitten, deine Ermittlungen im Falle des Kindersexringes einzustellen. Ich habe die Anweisung von meinem obersten Chef bekommen mit dem Auftrag es dir mitzuteilen. Du weißt, dass ich immer hinter dir stehe und du immer auf meine Unterstützung zählen kannst. In diesem Fall jedoch werde ich dazu gezwungen. Auch meine Einwände auf höchster Ebene haben keine Wirkung gezeigt. Ich muss dich deshalb bitten, dich nur um den Mörder von Werner

Hutter zu kümmern und die andere Geschichte zu vergessen."

Für einen Moment war ich absolut sprachlos. Mein ganzes Gerechtigkeitsgefühl schrie laut auf in meinem Inneren. Ich bin mit Leib und Seele Polizist und kann und will, das soeben Gehörte nicht glauben. Sozusagen als Zugabe klärte mich mein Chef noch darüber auf, dass alle Arretierten von gestern wieder auf freien Fuss gesetzt worden seien, da in diesem Staat bekanntlich noch immer die Gleichbehandlung aller Menschen gelte. Aus diesem Grunde könne man nicht die einen einsperren und die anderen Verdächtigen frei herumlaufen lassen. Das sass! „Wie soll ich den Mord an Werner Hutter aufklären, ohne die Hintergründe des Ganzen zu erforschen?" fragte ich meinen Chef. „Es liegt sozusagen auf der Hand, dass der Täter im Umfeld dieses Kindersexringes zu suchen ist."

„Ich bin gleicher Meinung und habe das auch kund getan", erwiderte er mir. „Doch alle meine Einwände prallten ab und ich habe den Auftrag bekommen, die Anweisung so weiter zu geben" sagte er mit einer Miene die seine Unzufriedenheit nicht deutlicher hätte ausdrucken können.

„Ich muss zuerst einmal meine Gedanken ordnen." Sagte ich nach einer kurzen Denkpause. „In der momentanen Verfassung kann ich nicht arbeiten. Ich bitte dich deshalb, mir drei freie Tage von meinem Überzeitkonto abzubuchen. Ich werde erst am Freitag wieder in mein Büro kommen." Unter den erstaunten Augen meines Arbeitskollegen Alain Bayard, räumte ich meinen Bürotisch ein wenig auf und verliess das Kriminalpolizei Gebäude.

*

Am Rande des Bergsees auf dem San Bernardino Pass setze ich mich auf einen Stein und schaute auf das Wasser, dessen Oberfläche sich im Winde leicht kräuselte. Unweit von mir stand meine schwere BMW Maschine. Ich hoffte, mit einem Ausflug an der frischen Luft, die schwarzen Gedanken zu vertreiben welche sich in meinem Kopf festgesetzt hatten. Ich war ganz alleine hierher gefahren. Zwar habe ich Karin angerufen und ihr gesagt, dass ich frische Luft brauchen würde. Gerne hätte ich sie mitgenommen und sie in diesen Stunden an meiner Seite gehabt, doch konnte sie sich nicht so kurzfristig frei nehmen. Sie arbeitet in einer Vertriebsfirma

für Haushaltmaschinen als Sekretärin und in dieser Funktion musste sie am Nachmittag bei einem wichtigen Direktionsgespräch anwesend sein.
So versuchte ich alleine, möglichst viele positive Gedanken zu fassen, doch gelang es mir nicht, den schweren Schatten aus meinem Kopf zu vertreiben. Noch immer verspürte ich einen grossen Kloss in meinem Hals. Es schien sehr schwierig, mein psychisches Gleichgewicht zu finden. „Nein. Ich werde nicht aufgeben!" davon war ich überzeugt. Wenn ich nicht offen ermitteln durfte, dann werde ich es eben heimlich tun. Ich setzte mir als Lebensziel, selbst mit dem Risiko, meine Stelle zu verlieren, diese perversen Schweine zu entlarven und vor ein Gericht zu bringen und wenn ich dafür Jahre brauchen würde. Wenn ich klein bei geben würde, hätte ich mich nie mehr in einem Spiegel betrachten können. Ich hatte mit einem Eid geschworen, mich für die Gerechtigkeit einzusetzen und von diesem Wahlspruch liess ich mich von niemandem, auch nicht von meinen Vorgesetzten oder von der Staatsanwaltschaft abbringen.
Nachdem ich in meinem Innersten diesen festen Entschluss getroffen hatte, ging es mir schon wieder bedeutend besser. Im

nahegelegenen Bergrestaurant genehmigte ich mir ein kleines Plättchen mit Trockenfleisch und Käse und trank dazu ein alkoholfreies Bier. Anschliessend stieg ich auf meine K 1200 und fuhr bei aufkommendem Abendrot zurück Richtung Zürich.

*

Nachdem die pädophile Neigung ihres Mannes aufgeflogen war, ekelte sich Barbara Hutter richtig gehend vor ihrem Mann. Sie wich ihm aus wo immer sie konnte und sie fühlte sich irgendwie als Opfer. In Ihrer Verzweiflung gelangte sie an ein Internetforum für Pädophilie-Opfer. Dort kam sie mit der Thailänderin, Rangsinee Swirawaki in Kontakt. Diese hatte vor zwei Jahren ihre damals neun jährige Tochter Pawana verloren. Sie war durch einen Schweizer Touristen in Pattaya missbraucht und schliesslich getötet worden. Der Mann wurde in Thailand verhaftet und zu lebenslänglichem Zuchthaus verurteilt. Rangsinee Swirawaki konnte sich von diesem Verlust aber bis heute nie mehr erholen.
Die leidgeprüften Teilnehmer dieses Internet Forums organisierten auch regelmässige Zusammenkünfte. So kam es, dass Barbara

Hutter, anfangs des Jahres, Rangsinee Swirawaki in Luzern kennen lernte. Die hübsche Thailänderin war damals in Begleitung ihres Lebensgefährten Boris Jekow. Vielleicht waren es die besonderen Umstände oder schlicht Rachegelüste gegenüber ihrem Mann Werner Hutter? Möglich ist auch, dass sie sich einfach alleine fühlte und Geborgenheit suchte. Jedenfalls haben sich Frau Hutter und Boris Jekow auf Anhieb sehr gut verstanden. Sie kamen sich näher und daraus wurde schliesslich eine Affäre.

*

Die Abendmaschine der Air France setzte in Zürich Kloten zur Landung an. In der ersten Klasse des Airbusses trank Boris Jekow den letzten Schluck Champagner, bevor die Gläser eingesammelt wurden. In der Ankunftshalle wurde er bereits von Barbara Hutter erwartet.
Kaum erschien der gutaussehende Boris Jekow unter der Türe welche den Zollbereich von der Ankunftshalle trennt, da fielen sich die beiden in die Arme. In inniger Umarmung blieben sie länger stehen als dies für eine normale Begrüssung üblich war. Ausser einem kurzen „Hallo" wurde kein Wort zwischen den

beiden gewechselt, bis sie die Flughafenhalle verliessen. Draussen stand bei längst abgelaufener Parkuhr der silberfarbene Cadillac Escalade in einem auf 15 Minuten begrenzten Park Feld. Der auffällige Wagen war den emsigen Verkehrskontrolleuren am Flughafen nicht entgangen und so war es nicht verwunderlich, dass ein Strafzettel die hohe Windschutzscheibe zierte. Ohne den Zettel genauer anzusehen, zog ihn Barbara Hutter unter dem Scheibenwischer hervor und steckte ihn in ihre Tasche. Die Witwe öffnete mit der Fernbedienung die Türen und Boris Jekow nahm auf dem Beifahrersitz Platz, während sich Frau Hutter hinter das Steuer schwang und das edle Gefährt ins Rollen brachte.

*

Ich kam soeben von meinem Motorradausflug nach Hause, als mich Alain Bayard anrief. Er wollte mich treffen, da er einiges mit mir zu besprechen habe.
Eine halbe Stunde später sassen wir uns im Restaurant „alte Post", am Zürcher Stadtrand gegenüber. Dabei handelte sich um eine der immer rarer werdenden Quartierkneipen. Überall gibt's nur noch Pizzerias,

Schnellimbisse oder vornehme Speiselokale mit astronomischen Preisen. Das Lokal war nur zur Hälfte gefüllt und wir fanden in einer Ecke einen Tisch wo wir ungestört sprechen konnten. Ich erklärte meinem jungen Kollegen, dass ich beschlossen habe, am Fall weiter zu ermitteln bis zum Schluss. Auch wenn mir daraus berufliche Nachteile entstehen sollten. Alain versprach mir seine volle Unterstützung. Ich machte ihn jedoch darauf aufmerksam, dass dies, falls etwas schief laufen sollte, seine Polizeikarriere behindern, wenn nicht ganz auflösen könnte. Auch dieses Argument liess ihn nicht von seinem Vorhaben abhalten und er versicherte mir, dass er für die Gerechtigkeit kämpfen werde, egal was passieren sollte. So hatte ich Alain vom ersten Tag an eingeschätzt. Wir versprachen, niemandem etwas zu sagen und heimlich unsere Aktionen abzusprechen und die Ergebnisse auszutauschen.

Bis anhin war mir ja noch nicht einmal genügend Zeit geblieben, alle Befragungen durchzuarbeiten welche meine Kollegen mit den kurzfristig Verhafteten gemacht hatten. Alain hingegen, hatte sich am heutigen Tag damit beschäftigt alle Aussagen zu studieren und miteinander zu vergleichen. Dabei stiess er auf einen brisanten Punkt. In drei verschiedenen Befragungen wiederholte sich die gleich klingende Aussage, dass Staatsanwalt Briselli ein Ferienhaus im Tösstal besitze, in welchem offensichtlich regelmässig Partys der übelsten Sorte stattfinden würden. Diese drei Befragten hätten sinngemäss übereinstimmend ausgesagt:

„Es ist immer dasselbe. Die Kleinen nehmt ihr hoch und die Grossen kommen ungeschoren davon". Auf Nachfrage der befragenden Kollegen was damit gemeint sei, hätten alle drei gesagt, „Es ist ein offenes Geheimnis, dass jeden ersten Samstag im Monat im Ferienhaus von Staatsanwalt Briselli eine Party mit Kindern stattfindet. Nur die Polizei will davon nichts wissen".

Diese Feststellung barg ziemlich explosiven Stoff in sich. Noch wussten wir nicht, ob die Aussagen nur auf Gerüchten und Verhaftsfrust basierten oder ob tatsächlich etwas dahinter steckte. Immerhin kamen die Aussagen von drei verschiedenen Personen, ohne dass diese die Gelegenheit gehabt hätten, sich zuvor abzusprechen. Wir wollten auf alle Fälle der Sache nachgehen.

Es war schon beinahe Mitternacht, als wir die „alte Post" verliessen und uns auf den Heimweg machten.

*

Ich lag auf meinem Bett und konnte einmal mehr keinen Schlaf finden. Zu sehr wühlte mich die ganze Angelegenheit auf. Ich beschloss, am folgenden Tag ins Tösstal zu fahren um das Ferienhaus des Staatsanwaltes zu suchen.
Irgendwann, es dürfte bereits gegen 03:00 Uhr gewesen sein, siegte die Müdigkeit dann doch noch. Ich träumte wirres Zeug wobei der besagte Staatsanwalt, eine Gefängniszelle und ein Erdbeben eine tragende Rolle spielten.
Schon, als die ersten Sonnenstrahlen zwischen den Lamellen des Fensterladens hindurch schienen, erwachte ich schweissgebadet. Eine kalte Dusche brachte mich wieder in die reale Welt zurück und nach einem kleinen Frühstück und einer feinen Tasse Nespresso, schwang ich mich auf mein Motorrad und fuhr Richtung Tösstal. Es dauerte eine ganze Weile und ich musste mehrere Leute nach dem Weg fragen, bis ich, zuhinterst im Tal, unweit des Waldrandes auf das gesuchte Ferienhaus

stiess. Gemäss allen Informationen die mir vorlagen, musste es sich dabei um das Haus des Staatsanwaltes Claudio Briselli handeln. Der Weg dorthin verlief entlang eines Waldrandes. Als ich einen Haufen Holzstämme erblickte, hielt ich an und stellte meine Maschine in sicherem Abstand zum Haus, hinter diese aufgeschichteten Holzstämme und mache mich zu Fuss zum besagten Chalet. Auf einer roten Holztafel an der Fassade, prangte der eingeschnitzte Name „Erika". Es handelte sich um ein schönes und gepflegtes Holzchalet mit vielen Schnitzereien an der Fassade und mit Blumen an den Fenstern. Das Haus drückte eine friedliche und erholsame Stimmung aus. Nichts deutete darauf dass sich jemals etwas Illegales hinter diesen Wänden abspielen könnte. Ich ging um das Haus herum. Die Fensterläden im Erdgeschoss waren verschlossen und man musste davon ausgehen, dass sich niemand im Haus befand. Die letzten Zweifel dass es sich um das richtige Haus handelte waren ausgeräumt, als ich an der Türklingel den Namen „C. Briselli" las.
Der Gedanke, illegal in das Haus einzudringen versuchte ich von mir zu stossen, doch wurde der Wunsch immer heftiger. Ich war mir fast sicher, dass ich darin eventuelle Hinweise auf

das abartige Treiben finden würde. Ich sah mir das Schloss der Haustüre genauer an und stellte erleichtert fest, dass der Hausbesitzer wohl am falschen Ort gespart hatte und dass es sich bestimmt mit einigen Kniffen öffnen liess ohne jegliche Spuren zu hinterlassen. Gedacht, getan. Wenige Minuten später befand ich mich im Hausflur des lieblich eingerichteten Chalets. Die Haustür liess sich von innen wieder ins Schloss drücken sodass kein zufällig vorbeikommender Wanderer auf meine Anwesenheit aufmerksam werden konnte. Ich begab mich ins Wohnzimmer dessen Einrichtung guten Geschmack ausdrückte. Die Möbel, die mit Holz getäferten Wände und die Bilder waren alle wie aus einem Guss.

Ich wollte mich soeben an den grossen, im Wohnzimmer freistehenden Schreibtisch begeben, als ich von draussen das unverwechselbare Geräusch von Kies hörte welches von Autoreifen verdrängt wurde. Ein kurzer Blick durch einen Spalt im Fensterladen verriet mir, dass zwei Autos vorgefahren waren. Innert Sekunden stieg mein Adrenalinspiegel ins Unermessliche. Ich hatte keine Möglichkeit zu fliehen, ohne gesehen zu werden und musste mich deshalb nach einem Versteck umsehen. Sekunden später fand ich mich, wie ein Liebhaber der vom gehörnten Ehemann überrascht wurde, in einem grossen Wandschrank wieder. Es gelang mir gerade noch, die Türe von innen zuzuziehen, als sich schon der Schlüssel im Haustürschloss drehte.

*

Alain Bayard sass alleine in unserem gemeinsamen Büro im Kripo Hauptquartier und studierte die bisher erstellten Akten. Immer und immer wieder las er die verschiedenen Befragungen durch und hoffte, irgendwo auf etwas zu stossen, das vielleicht das ausschlaggebende Indiz sein könnte um die feine Gesellschaft doch noch hochgehen zu lassen. Natürlich waren die Aussagen betreffend Ferienhaus nicht von Pappe, doch würden die Leute die dies gesagt hatten auch zu dieser Aussage stehen? Waren es vielleicht doch nur Gerüchte welche sie in ihrem ersten Frust der Verhaftung ausstiessen? Man müsste an die echten Beteiligten heran kommen, doch werden diese sich hüten, irgendetwas zuzugeben, da ihnen sonst selbst der Prozess gemacht würde. Leider kennen wir in der Schweiz das Kronzeugengesetz nicht, welches einen Hauptzeugen unbestraft davon kommen lässt, wenn er wichtige andere Mittäter verpfeift. Zudem wissen die Pädophilen selbst, wie abscheulich ihre Taten sind, auch wenn sie immer das Gegenteil beteuern und oft versuchen, den Opfern die Schuld in die Schuhe zu schieben. Auch ist allen bekannt, dass Gefangene die wegen Kindsmissbrauchs verurteilt wurden, den Abschaum in den Strafanstalten bilden und von den andern Insassen bis aufs Blut geplagt werden. Es kommt nicht selten vor, dass solche Täter von Mithäftlingen zusammengeschlagen werden und sogar um ihr Leben fürchten müssen. Dieser Umstand macht es so schwierig, ein Geständnis von einem Kinderschänder zu bekommen. Da lob ich mir einen Einbrecher. Wenn der einmal zwei, drei Einbrüche gestanden hat, dann gesteht er in der Regel auch noch die fünf weiteren.

Alain überlegte hin und her. Er zerbrach sich den Kopf, doch fiel ihm nichts Neues mehr auf, das uns hätte weiterbringen können.

*

Den Stimmen nach zu urteilen handelte es sich bei den Ankömmlingen um vier Männer. Ich konnte jedes Wort verstehen, denn die Männer blieben offensichtlich im Wohnzimmer. Ich vernahm deutlich das Geräusch von rutschenden Stühlen. Sie setzten sich also unweit meines Verstecks an den Esstisch. Mein Herz hämmerte so laut, dass ich glaubte, es würde mich verraten. Damit wäre wohl nicht nur meine polizeiliche Karriere endgültig beendet gewesen, sondern ich würde auch noch wegen Hausfriedensbruchs angeklagt. Zudem könnte ich mir vorstellen dass diese Typen mir zusätzlich in die Schuhe schieben würden, ich hätte dies und das gestohlen und somit hätte ich mich auch noch des Einbruchdiebstahls zu verantworten. Der Schweiss rann mir von der Stirn doch verhielt ich mich ganz mäuschenstill. Meine Knie begannen zu schmerzen in dieser kauernden Stellung. Trotzdem traute ich mich nicht, mich auch nur einen Millimeter zu bewegen.

„Nehmt Platz Kameraden" hörte ich deutlich eine Männerstimme sagen. Ich vermutete, dass es sich dabei um die Stimme des Staatsanwaltes Claudio Briselli handelte. „Wir haben heute für einmal ein nicht so lockeres

Treffen wie sonst an diesem Ort. Es geht hier wortwörtlich um unser Sein oder Nichtsein".
Zuerst aber die erfreuliche Nachricht, denn eine solche gibt es immerhin auch noch. Das Erpresserschwein Werner Hutter hat das Zeitliche gesegnet. Wie ihr sicher gehört habt. wurde er auf dem Weg zur Arbeit niedergestochen. Es gibt demzufolge halt doch noch eine Gerechtigkeit. Von ihm haben wir also nichts mehr zu befürchten. Hat jemand von euch etwas mehr darüber gehört als den Medien zu entnehmen war oder hat einer von euch selbst aufgeräumt oder aufräumen lassen?" wollte der Staatsanwalt von seinen Gästen wissen.

„Du glaubst doch nicht etwa, einer von uns hätte den Mann getötet oder?" Fragte einer der Anwesenden entrüstet. Leidest du etwa an einer „Déformation professionelle"? Wir sind schliesslich keine Mörder".

„Das nicht", erwiderte der Staatsanwalt „doch könnte sich jemand von euch dem Problem angenommen und eine Drittperson für diese Drecksarbeit engagiert haben. Immerhin hatte Hutter mit seinen Erpressungen alleine uns gegenüber gelinde gesagt, ziemlich grossen Erfolg"

Es entstand ein allgemeines Stimmengewirr aus welchem keine einzelnen Sätze zu verstehen waren.
„Soweit, so gut" unterbrach der Staatsanwalt das Gemurmel. Kommen wir nun zum unerfreulichen Teil dieser Geschichte und zum Grund unseres heutigen Zusammentreffens. Im Zuge der Mordermittlungen ist die Polizei nun auf Sachen gestossen welche ich lieber nicht in den Händen der Schnüffler gesehen hätte. Ausgerechnet Franz Buck, ein absolut pedantischer Ermittler, wurde mit dem Fall vertraut. Er geniesst nicht umsonst einen sehr guten Ruf als Kriminalbeamter. Ich habe ihn in meiner beruflichen Funktion schon mehrmals erlebt und ich bin mir sicher, dass dieser Mann nichts, aber auch gar nichts, übersehen wird."
Was sollen wir denn tun?" Fragte eine tiefe Bassstimme. „Wir können ihn ja nicht einfach umlegen."
Nun meldete sich eine Stimme die krächzte, als ob sie aus einem schlechten Lautsprecher kommen würde:
„Warum nicht? Sehen wir es einmal so: Dieser Mann ist drauf und dran unser Leben und unsere Existenz zu zerstören. Ich rede dabei von vielleicht dreissig oder mehr Männern

welche bisher in Thailand in Hutters Fotofalle geraten sind. Ich frage Euch: Was ist denn mehr Wert, das Leben von dreissig ehrenwerten Steuerzahlern oder das Leben eines einzigen Polizisten der von unseren Steuern lebt?"
Ein Moment lang herrschte Stillschweigen. Ich glaubte meinen Ohren nicht! Am liebsten würde ich aus meinem Versteck hervorspringen und diesen Mann am Kragen packen. Was bildet der sich ein? Ehrenwert! Wenn ich das Wort aus seinem Munde nur schon höre wird mir speiübel!
Erneut entstand eine Diskussion in welcher jeder den andern zu übertönen versuchte. Ich kann nicht sagen ob die Mehrheit ebenso dachte wie der vorherige Redner oder ob die andern dagegen waren. Ich verstand schlicht kein Wort.
Plötzlich unterbrach die herrschende Stimme des Staatsanwaltes das Geplapper:
„Meine Herren so geht das nicht. Wir müssen sachlich diskutieren und nicht alle miteinander herumschreien. Die Suppe wird gottlob meist nicht so heiss gegessen wie sie gekocht wird. Dank meinen Beziehungen zur Polizeiführung ist es mir vorerst gelungen, diesen Buck zurück zu binden. Er hat die

Auflage bekommen, nur noch nach dem Mörder von Hutter zu suchen und die ausschweifenden Ermittlungen uns gegenüber einzustellen. Das Problem ist nur, so wie ich ihn einschätze, lässt dieser Buck sich nicht einfach unterkriegen, auch wenn es ihm befohlen wird."

„Hoffen wir, er hält sich diesmal an die Anweisungen" äusserte sich erneut der Krächzer.

„Machen wir doch eine Zusammenfassung" schlug der Staatsanwalt vor. „Was hat dieser Buck in den Händen? Eventuell unsere Adressen? Leider dürften ihm vermutlich auch die Fotos in die Hände gefallen sein. Dass die Namen auf den Fotos stehen glaube ich jedoch kaum. Er wird deshalb Probleme haben, sie jemandem zuzuordnen ausser uns vieren. Wir, die wir im öffentlichen Leben stehen. Uns kennt jedermann. Das ist in so einem Moment natürlich kein Vorteil."

„Was können wir tun um das sich anbahnende Schicksal von uns abzuwenden?" meldete sich kleinlaut der Mann mit dem Bass.

„Als Staatsanwalt rate ich Euch folgendes: Solltet Ihr von der Polizei tangiert werden, gebt ja nie etwas zu. Am besten, Ihr macht von Anfang an von Eurem Schweigerecht

Gebrauch, dann verstrickt ihr Euch nicht in den eigenen Aussagen. Es wird viel schwieriger für die Bullen, wenn ihr einfach schweigt. In diesem Fall muss die Polizei zuerst Beweise vorlegen.
Sollten dann die Fotos in den Gerichtsakten auftauchen, werden wir sie als Fälschungen bezeichnen. Dann bist du dran Hugo: Du hast nicht umsonst ein Fotogeschäft. Nun kannst du uns für einmal von Nutzen sein. Als Staatsanwalt habe ich die Möglichkeit, Expertisen einzuholen. Ich werde darauf hin arbeiten, dass die Fotos deinem Labor geschickt werden, zwecks Anfertigung eines Expertisen Berichtes. Dieser wird klar und eindeutig aufzeigen, dass es sich bei diesen Fotos um Manipulationen handelt mit welchen uns irgendjemand Schaden zufügen will. Überleg dir schon mal Hugo, wie du dies möglichst glaubhaft an den Mann bringen willst. Damit denke ich, vernichten wir den grössten Trumpf der Anklage. Der Rest ist dann nur noch Peanuts"
„Was ist wenn eine Gegenexpertise verlangt wird?" Fragte dieser Hugo, dem ich nun die Bassstimme zuordnen konnte, verängstigt.
„Wenn du deine Arbeit richtig machst und einen Bericht erstellst der sämtliche Zweifel

beseitigt, dann wird kein zweites Gutachten verlangt werden. Das verspreche ich dir" antwortete der Staatsanwalt.

„Gibt es momentan sonst noch etwas zu besprechen?" wollte der Hausherr wissen.

„Ja, ich habe noch eine Frage" meldete sich die Krächz Stimme: „Was ist am nächsten Samstag? Findet unsere monatliche Party hier trotzdem statt? Immerhin haben wir dich dafür im Voraus fürstlich bezahlt".

„Was meint Ihr?" Wollte der Staatsanwalt von den anderen wissen.

„Ich weiss nicht recht" liess sich Hugo vernehmen. Momentan habe ich ehrlich gesagt ein wenig die Hosen voll."

„Ich bin der Meinung, dass dem Vergnügen hier nichts im Wege steht. Von diesen Treffen weiss ja sonst niemand etwas und wir machen uns höchstens bei unseren Partnerinnen verdächtig, wenn wir plötzlich nicht mehr zu unserem monatlichen „Kartenspielnachmittag" fahren" meldete sich der Krächzer.

„Stimmen wir ab." Schlug der Staatsanwalt vor. „Wer ist dafür, dass wir unsere Treffen vorerst einstellen?"

„Ich" meldete sich Hugo. Die andern waren alle dafür, das perverse Treiben weiter auszuleben als wenn nichts geschehen wäre.

„Wenn keine weiteren Fragen mehr sind, beenden wir nun unsere kurze Sitzung. Ich danke Euch fürs Mitmachen. Ich wollte das zusammen mit euch besprechen und nicht über Telefon. Man weiss ja nie...." Liess sich der Staatsanwalt ein letztes Mal hören. Dann vernahm ich wieder das Geräusch der schiebenden Stühle und hörte wie die Männer den Raum verliessen. Ich blieb vorläufig noch in meinem Versteck. Ich wollte sicher sein, dass alle das Haus verlassen hatten.

*

Draussen war es heiss und schwül. Ein frühes Nachmittagsgewitter schien sich anzubahnen. Alain Bayard brütete noch immer über den Akten dieses komplexen Falles. Er konnte und wollte es nicht begreifen, weshalb ich meine Ermittlungen einschränken sollte. Er kam zu keinem klaren Gedanken und suchte noch immer nach einer Lösung, als ihn das Telefon aus den dunklen Gedanken riss. Beat Koch, der Leiter der Mordkommission bat ihn in sein Büro. Unser Chef ist ein sehr einfühlsamer und umsichtiger Mensch. Seine bald 40 jährige Tätigkeit als Polizist haben seine Menschenkenntnisse sehr ausgeprägt. In

seiner Feinfühligkeit scheint er Gedanken lesen zu können, denn oft gibt er uns Antworten auf Fragen die wir noch gar nicht gestellt haben. Ich könnte mir keinen besseren Vorgesetzten vorstellen. Das Wohl seiner Untergebenen hat für ihn oberste Priorität. Auch sind für ihn alle Mitarbeiter gleich. Es gibt keine „Spezis" die von ihm bevorzugt werden, wie dies in vielen andern Abteilungen der Fall ist. Für diese Vorzüge wird er auch von allen Mitarbeitern sehr hoch geschätzt. Leider steht er kurz vor seiner Pension und ich weiss nicht, was danach folgen wird.
Als Alain das Chefbüro betrat, lag ein Stapel Papier auf dem Schreibtisch. „Ich habe hier einen neuen Fall bekommen und ich möchte, dass du dich darum kümmerst" sagte er zu Alain, indem er mit einer Handbewegung auf die Akten hinwies. „Es geht um eine Messerstecherei vor der Disco „Q", wo sich zwei Gruppierungen von Jugendlichen in die Haare geraten sind. Einer davon liegt nun mit schweren Stichverletzungen im Spital und man muss mit dessen Ableben rechnen".
Es war unserem Chef nicht entgangen, dass Alain sich in den Fall Hutter verbissen hatte und ihn dieser nicht mehr los liess. Das war auch der Grund, weshalb er den neuen Fall

dem jungen Kollegen übergab in der Hoffnung, er lasse sich dadurch etwas ablenken.

„OK Chef, ich werde mich in die Sache einlesen und die nötigen Schritte unternehmen", antwortete Alain indem er die Akten unter den Arm nahm und zurück in sein Büro ging.

Er wusste schon zum vornherein, dass es ihm in nächster Zeit nicht gelingen würde, sich auf diesen neuen Fall zu konzentrieren. Seine Gedanken waren immer beim Tötungsdelikt Hutter, bzw. bei dessen Umkreis mit den vielen verdächtigen Personen. Es lag auf der Hand, dass Werner Hutter mit diesen Fotos aus Thailand seine „Kunden" erpresste. Jeder der abgebildeten Männer konnte somit als möglicher Täter oder Auftraggeber für den Mord in Frage kommen. Die vielen Verdächtigen waren aber nicht der Hauptgrund seiner innerlichen Unruhe. Vielmehr konnte er es noch immer nicht glauben, dass ich von oberster Führung in meinen Ermittlungen zurück gebunden worden war. Es brodelte förmlich in ihm und seine Geduld wurde aufs Äusserste strapaziert. Sein Gerechtigkeitssinn machte sich lautstark bemerkbar, sodass er keinen vernünftigen Gedanken zusammen brachte.

Plötzlich riss ihn ein heftiger Blitz mit fast gleichzeitig eintretendem Donner aus seinen Gedanken. Die schwarzen Wolken entleerten sich über der Stadt in einer kaum da gewesenen Intensität. Mit dem Ausbruch des Gewitters löste sich auch die innere Verkrampfung beim jungen Kollegen aus den Bergen und Alain beschloss, mich noch an diesem Abend wieder zu treffen. Er musste irgendwo seine Gedanken und seinen Frust loswerden. Er schickte mir eine SMS mit folgendem Text: „Treffen um 20:00 Uhr im Fischrestaurant am See. Gruss Alain"

*

Ich blieb noch ca. fünf Minuten in meinem dunklen, engen Versteck, ehe ich die Schranktür aufstiess und ins Wohnzimmer trat. Ich musste mich zuerst einmal strecken um die Durchblutung meiner Beine wieder zu aktivieren. Lange hätte ich es in dieser zusammengekrümmten Haltung nicht mehr ausgehalten und ich war froh, als sich die Gesprächsrunde auflöste. Auf eine Durchsuchung des Hauses konnte ich nun getrost verzichten, da ich mehr als genug gehört hatte. Leider durfte ich das Erfahrene nicht offiziell verwenden, da ich auf illegalem Weg an diese Informationen gelangt war. Immerhin gaben sie mir einen Wissensvorsprung den ich nicht missen möchte.

Ich verliess das Ferienhaus indem ich die Tür hinter mir wieder zuzog, sodass meine Anwesenheit von niemandem bemerkt werden konnte. Ich schwang mich auf meine Tourenmaschine und fuhr in Richtung Zürich.

In meinen Gedanken war ich ganz wo anders. Ich realisierte gar nicht mehr welchen Weg ich einschlug und was ich dabei sah. Jedenfalls wurde ich von einem sehr heftigen Regenguss erfasst. Tief in Gedanken versunken hatte ich gar nicht bemerkt, was sich da am Himmel zusammen braute. Es gelang mir gerade noch unter einer Strassenüberführung anzuhalten und meine Regenausrüstung auszupacken als sich mein Handy bemerkbar machte. Es war eine SMS von Alain welcher mich bat, in „unser" Fischrestaurant zu kommen.

Ich wusste natürlich, welches Restaurant er damit meinte. Es war das Rest. Bad in Schmerikon. Wir waren schon einige Male, auch zusammen mit unseren Freundinnen dort und haben etliche genüssliche Abende auf der Seeterrasse verbracht. Dabei handelt es sich um ein gepflegtes Restaurant, ca. 40 Km von Zürich entfernt. Durch diese Distanz zur Stadt verringerte sich das Risiko, von jemandem erkannt zu werden. Das war mir recht, denn zur Zeit konnte ich sehr gut auf irgendwelche Gerüchte verzichten die mir vorwarfen, meinen jungen Kollegen in etwas hinein zu ziehen und was weiss ich noch alles. Ich war froh über diese SMS, denn ich musste unbedingt mit jemandem das Erlebte und Gehörte teilen. Meinen Chef konnte ich da nicht einweihen, denn er müsste mich zurechtweisen, da ich mich klar ausserhalb des Gesetzes bewegt hatte als ich mich illegal in das Ferienhaus einschlich.

*

Majestätisch glitt der silberfarbene Cadillac Escalade auf der Uferstrasse dem Zürichsee entlang. Das kräftige Gewitter welches sich am Nachmittag über der Region Zürich entleert hatte war vorbei und die Sonne hatte erneut die Regie am Himmel übernommen. Die Gegend schien frisch gewaschen und die Luft war durch den heftigen Regen gereinigt.
Zufrieden sass Barbara Hutter am Steuer des grossen, luxuriösen Geländewagens. Auf dem

Beifahrersitz hatte es sich Boris Jekow gemütlich gemacht. Der Wagen bog von der Hauptstrasse ab auf einen grossen Parkplatz der ein gepflegtes Restaurant direkt am See umgab. Arm in Arm schlenderten die beiden Verliebten den drei Stufen entgegen, welche zum blumengeschmückten Eingang des Restaurants führten. Als grosse Fischliebhaber zählten die beiden zu den Stammgästen des bekannten Hauses in Schmerikon. Beinahe jedes Mal wenn Boris Jekow seine Geliebte in Zürich besuchte, begaben sie sich zum Essen in dieses Lokal. Entsprechend höflich und herzlich wurde das Paar vom Restaurantchef empfangen, der sie an einen der schönsten Tische, auf der Terrasse, direkt am See begleitete.

*

Als ich meine schwere Maschine auf den Parkplatz „unseres" Fisch-Restaurants einlenkte, erwartet mich mein Kollege Alain bereits. Zusammen begaben wir uns zur Seeterrasse wo wir bei einem guten Essen die Abendsonne geniessen und unsere erworbenen Neuigkeiten austauschen wollten. Kaum hatten wir uns an einen freien Tisch gesetzt, fiel mein Blick auf ein Paar, welches auf der andern Seite der Terrasse sass. Ich traute meinen Augen nicht; oder täuschte ich mich? Da drüben sass doch tatsächlich Frau Hutter, zusammen mit einem Mann. Die beiden liessen keinen Zweifel aufkommen, dass sie ein verliebtes Paar waren. Sie hielten sich die Hände über dem Tisch und beim Anstossen der Gläser küssten sie sich innig.

Alain, der die beiden erst auf meine Bemerkung hin erblickte, schaute ungläubig zum turtelnden Paar hinüber. Kann es sein, dass eine Frau, auch wenn ihre Beziehung nicht mehr intakt war, wenige Tage nachdem ihr Mann umgebracht worden war, mit ihrem Liebhaber gemütlich ein Abendessen auf einer so stark frequentierten Terrasse einnahm? Von Trauer war ihr absolut nichts anzusehen. Die beiden hinterliessen eher den Eindruck, als gäbe es etwas zu feiern, als dass sie einen schmerzhaften Verlust zu verarbeiten hätten.

Unser erster Gedanke war, ungesehen von den beiden, zu verschwinden. Dann überlegten wir es uns aber anders, denn schliesslich hatten wir nichts zu verheimlichen. Wir sassen ja in genügendem Abstand, so dass sie unser Gespräch nicht belauschen konnten. Zudem waren die beiden viel zu sehr miteinander beschäftigt, als dass sie sich um unser Gespräch hätten kümmern können. Gerne wäre ich näher zu den beiden gerückt um sie zu belauschen, doch wäre dies zu auffällig, zumal wir unseren Tisch schon ausgewählt und uns hingesetzt hatten.

Ohne die zwei aus den Augen zu lassen, tauschten wir unsere Gedanken und Neuigkeiten des vergangenen Tages aus. Alain begriff noch immer nicht, weshalb ich bei meinen Ermittlungen zurück gebunden worden war. Er wollte mir unbedingt helfen, wusste aber nicht wo er ansetzen könnte.

Die Kellnerin servierte uns den bestellten „Salade Mimosa" zur Vorspeise. Wir unterbrachen während des Essens unser Gespräch.

Nachdem die gläsernen Salatteller weggeräumt waren, begann ich, mein heute Erlebtes zu erzählen. Nachdem ich von meinem Eindringen ins Ferienhaus Briselli erzählt hatte, versuchte Alain, mich dauernd zu unterbrechen. Ich bat ihn, erst mal zuzuhören, was ich ihm noch alles zu sagen hätte. Seine Augen weiteten sich und sein Mund stand halbwegs offen. Offensichtlich wusste er nicht, ob ich ihn hochnehmen würde oder ob er meine Geschichte tatsächlich glauben sollte. Dieser fragende Gesichtsausdruck entwich auch nicht als seinem Gesicht als uns die Kellnerin den Hauptgang servierte und ich deswegen meine Geschichte unterbrach. Weder seine Rotbarschfilets noch mein Saibling auf Steinpilzen konnten seine gefrorenen Gesichtszüge auftauen. Nichts um ihn herum schien er mehr wahrzunehmen. Deshalb erstaunte es mich auch nicht, als er, nachdem ich meine ganzen heutigen Erlebnisse geschildert hatte, unsicher fragte: „ Soll ich das wirklich alles glauben oder verarschst du mich"?

„Glaub mir", antwortete ich ihm, „es ist mir alles andere als zum Scherzen zumute. Die Geschichte verfolgt mich wie ich es noch nie in meiner ganzen Karriere erlebt habe. Es gibt keine Stunde, ja sogar keine Minute, in der ich mich gedanklich nicht mit diesem Fall beschäftige."

„Du bist einfach in das Haus eingedrungen ohne Durchsuchungsbefehl?" brachte er schliesslich über seine Lippen.

„Ja, ja, ich weiss", reagierte ich leicht angegriffen. „Iss jetzt deinen Fisch, bevor er kalt ist". Diese Reaktion entsprach eigentlich nicht meiner Art, aber ich war mir einerseits einer Schuld bewusst und andererseits erfreut über das Resultat meines unerlaubten Vorgehens. „Ich kann mir im Nachhinein auch nicht mehr erklären, weshalb ich das getan habe. Irgend- eine Tarantel muss mich wohl gestochen haben. Jedenfalls bin ich froh zu wissen, was ich gehört habe. Auch wenn das Gehörte im Verfahren nicht verwendbar sein wird, so beantwortet es doch viele unserer Fragen. Ich bin mir sicher, dass diese Hintergrundinformationen, uns bei den weiteren Ermittlungen hilfreich sein werden", fügte ich an.

„Auch wenn du dir dein Wissen auf illegalem Weg angeeignet hast, so müssen wir daraus die Konsequenzen ziehen", antwortete Alain. „Es kann nicht sein, dass diese Leute einfach frei herumlaufen und im Falle des Staatsanwaltes sogar noch andere Leute zu Strafen verurteilen. Ich werde mir morgen irgendwie Haftbefehle verschaffen und die Kerle einsperren". Einmal mehr brach sein jugendliches Temperament mit ihm durch.

„Das wirst du nicht tun!" Sagte ich deshalb ziemlich bestimmt. „Kommt Zeit, kommt Rat. Wir werden unseren Wissensvorsprung schon noch rechtzeitig umsetzen können. Wenn wir einen Schnellschuss starten, dann gefährden wir alles."

Wir beschlossen, dass ich mir am kommenden Tag den Reisebürobesitzer noch einmal zur Brust nehmen würde. Schliesslich hatte ich ja noch einen weiteren „freien Tag" vor mir. Wir verabredeten uns schon jetzt für den morgigen Abend um unsere weiteren Neuigkeiten auszutauschen.

Als wir unsere Rechnung bezahlten, wurde den beiden Verliebten am andern Ende der Terrasse soeben das Dessert serviert. Wir hatten das Nachtessen gar nicht richtig genossen, so sehr waren wir mit unserem Erlebnisaustausch und dem Beobachten der beiden beschäftigt. Wir verliessen das Restaurant, ohne dass Frau Hutter unsere Anwesenheit bemerkt hätte.

*

Wenige Minuten vor neun Uhr des folgenden Morgens stand ich vor der verschlossenen Tür des Reisebüros „Well Asia" an der Langstrasse. Der Linienbus Nr.32 fuhr soeben in die Haltestelle ein. Hetzend und gestresst entstieg eine ganze Horde Leute dem langen Gelenkbus. Ich erkannte darunter sofort den

Mann mit asiatischem Einschlag welcher uns beim letzten Besuch im „Well Asia" empfangen und belogen hatte.

Als er mich vor der Tür erblickte, wurden seine Schritte unsicher. Offensichtlich überlegte er sich, wegzurennen oder einfach vorbei zu gehen. Es dürfte ihm jedoch nicht entgangen sein, dass ich ihn bereits visuell fixiert hatte und so konnte er nicht anders als in meine Richtung zu kommen.

Mit schleimiger Freundlichkeit begrüsste er mich und schloss die Geschäftstüre auf. Er drehte das Schild „Closed" auf die Seite mit dem Aufdruck „Open". „Lassen sie das Schild ruhig noch auf „geschlossen" sagte ich ihm. „So können wir ungestört miteinander reden."

„Warum? Was gibt's? .....Ich....äh ...ich habe alles gesagt was ich weiss" stotterte er.

„Ich weiss, dass sie noch einiges „vergessen" haben bei Ihren Ausführungen" erwiderte ich ihm. „Es gibt nun zwei Möglichkeiten. Entweder sie kooperieren mit uns und sagen uns alles was sie wissen oder ich nehme sie fest wegen Begünstigung und allfälliger pädophiler Mittäterschaft. Ich kann sie solange einsperren, bis sich die Sache geklärt hat. Glauben sie mir, jeder Staatsanwalt stellt in dieser Situation gerne einen Haftbefehl aus",

bluffte ich. „Es liegt also ganz an ihnen zu entscheiden, was ihnen lieber ist"
Seine Nervosität stieg nun sichtlich. Er zitterte am ganzen Körper und Schweiss drang aus seinen Stirnporen. „Was...was wollen sie denn noch wissen? Fragte er zögerlich.
„Ich will jetzt genau wissen welche Rolle Werner Hutter in ihrem Geschäft spielte und welches seine Leistungen und Verdienste waren."
Es war ihm deutlich anzusehen, dass sein Inneres mit sich selbst kämpfte. Offensichtlich wog er ab, welchen Weg er wohl wählen sollte. Dieser breitbeinig vor ihm stehende Polizist schien doch tatsächlich bereit, ihn einzusperren. Daran liess er keinen Zweifel aufkommen. Der Asiate fühlte sich sehr unwohl in seiner Haut. Er war kein Held und er war auch nicht bereit, im Gefängnis zu schmoren nur um irgendwelche Leute zu decken. Deshalb rang er sich durch und begann zu reden.
„Ich weiss ja selbst auch nicht viel... Wir... wir haben nie selbst Kinder..... Kinder an Kunden ver... vermittelt. Es gab zwar Leute die so etwas suchten doch haben wir immer... immer abgelehnt, stotterte er.

„Was habt ihr denn mit solchen Kunden gemacht?" wollte ich wissen.
Nun herrschte eine ganze Weile Stillschweigen. Er vermied es während der Zeit, mir in die Augen zu schauen und richtete seinen Blick gegen den Boden. Ich liess ihn studieren und blieb stumm. Nach einer bis zwei Minuten wurde die Ruhe unerträglich und er immer nervöser. Endlich brach er sein Schweigen. Scheinbar hatte er sich durchgerungen alles zu erzählen was er wusste.
„Wir haben jeweils, wenn Kunden es so wollten, Werner Hutter angerufen. Wir haben aber seinen Namen nicht bekannt gegeben. Werner Hutter pflegte sehr gute Beziehungen zu Thailand. Er kannte dort sehr viele Leute. Es war ihm möglich, in zwei ausgelesenen Hotels, Zimmer mit Knaben oder Mädchen, je nach Wunsch, anzubieten. Offensichtlich hatte er sowohl mit den Hotels als auch mit den Familien der Kinder, ein Abkommen. Die Kinder bekamen jeweils 30 Euro pro Nacht und damit konnten Sie sicher für eine Woche ihre Familien unterhalten. So gesehen war es eigentlich eine gute Tat."
Diesen letzten Satz hätte er nicht sagen dürfen. Mein Blut begann zu kochen. Am liebsten hätte ich den Mann für diese Worte an

die Wand genagelt. Dank meiner jahrelangen Erfahrung im Umgang mit Schwerstverbrechern konnte ich mich glücklicherweise beherrschen. Der Mann widerte mich an. Ich konnte ihn nicht mehr anschauen. Ich verabschiedete mich und verliess das ekelerregende Geschäft.

*

Die Auszeit die ich mir gegönnt hatte war vorbei und ich musste an diesem schwülwarmen Freitagmorgen wieder in mein Büro. Am täglichen Morgenrapport vermied ich es, irgend- etwas über das Tötungsdelikt Hutter zu erzählen. Ich wollte nicht, dass die ganze Abteilung wusste, dass ich, trotz auferlegter Eingrenzung der Ermittlungen beschlossen hatte, weiter daran zu arbeiten.
Kaum kamen Alain und ich nach dem Rapport in unser gemeinsames Büro zurück, klingelte mein Telefon. Der Portier beim Empfang meldete mir eine Dame die mich zu sprechen wünsche. Minuten später nahm ich Barbara Hutter in Empfang und begleitete sie in unser Büro. Trotz ihrer Eleganz sah sie sehr müde aus. Bestimmt hatte sie eine, wenn nicht mehrere schlechte Nächte hinter sich.

Auf meine Aufforderung setzte sie sich schüchtern, mir gegenüber auf den für Besucher vorgesehenen Stuhl. Nur der Schreibtisch mit dem Flachbildschirm des Computers trennte mich von ihr. Alain sass an seinem Pult, welches im rechten Winkel zu meinem stand.

„Ich weiss nicht, wie ich beginnen soll", sagte die Frau kleinlaut. Man fühlte die Spannung in ihr und die Hilflosigkeit beim Bilden der Sätze. „Ich muss ein Geständnis ablegen", stammelte sie.

Ich bemerkte ihre Unsicherheit und versuchte, sie irgendwie zu beruhigen. „Darf ich ihnen einen Kaffee oder ein Wasser anbieten?" fragte ich sie. „Einen Kaffee, gerne" sagte sie. Während ich die Kaffeemaschine auf dem Akten-Rollschrank bediente, versuchte ich, sie in einen „Small-Talk" zu verwickeln. Sie schien dadurch Vertrauen zu schöpfen und sie beruhigte sich sichtlich. Ich stellte ihr die dämpfende Tasse hin. Daneben legte ich einen Kaffeerahm und einen Zucker. „Danke, ich trinke ihn schwarz und ohne Zucker" gab sie mir zu verstehen.

„Bitte, dann reden Sie frei von der Leber weg. Was bedrückt sie? Wir werden Ihnen schon nicht den Kopf abreissen" versuchte ich sie zu beruhigen. Sie schwieg noch eine ganze Weile und suchte nach den richtigen Worten.

„Seit Ihrem letzten Besuch bei mir, konnte ich kaum mehr schlafen. Mein Gewissen plagt mich und ich muss unbedingt darüber reden." Wieder machte sie eine Pause dann endlich begann sie zu erzählen was ihr auf dem Herzen lag: „Ich bin mitschuldig am Tod meines Mannes. ....."

Ich wollte sie nicht unterbrechen und liess sie einfach reden. Sie erzählte die ganze Geschichte, wie sie auf die dunklen Machenschaften ihres Mannes gestossen war und wie sie sich als Opfer gefühlt und sich deshalb an ein Internetforum gewandt habe. Sie erzählte auch vom Treffen mit der Thailänderin Rangsinee Swirawaki und deren Partner Boris Jekow. Sie verschwieg auch nicht, dass sie mit diesem Jekow eine intime Beziehung pflegte. Aufgrund dieses Geständnisses konnten wir davon ausgehen, dass die Frau tatsächlich die ganze Wahrheit sagte. Weiter erklärte sie, dass die Thailänderin ihre neunjährige Tochter Pawana verloren habe durch einen perversen Schweizer Touristen und dass Werner Hutter diesem Touristen das Mädchen vermittelt habe.

„So weit so gut", sagte ich, als Sie eine längere Pause einlegte. Sie haben mir nun offen alles erzählt. Dafür bin ich Ihnen sehr dankbar. Ich weiss aber noch immer nicht, weshalb Sie am Tod Ihres Mannes schuldig sein sollten.

„Rangsinee Swirawaki, Boris Jekow und ich arbeiteten einen Plan aus, wie wir meinen Mann beseitigen könnten, damit er nicht noch mehr so schreckliches Unheil anrichten würde. Boris hatte gute Verbindungen nach Südamerika und von dort konnte er einen Killer engagieren. Dieser hat den Auftrag für 40'000 Euro angenommen. 20'000 vor und 20'000 nach der Tat. Boris und ich bezahlten je die Hälfte und dieser Killer, dessen Name ich nicht kenne, hat seine Arbeit ausgeführt. Nun wissen Sie alles, mehr kann ich dazu nicht sagen.

„Weiss Boris Jekow dass Sie heute zu uns gekommen sind um auszusagen?" fragte ich die Frau, der man die Erleichterung an den Gesichtszügen ansah.

„Ja, ich habe es ihm gesagt. Er wollte mich zuerst von einer Aussage abhalten aber er sah ein, dass ich mit diesem dunklen Geheimnis einfach nicht mehr weiterleben konnte. Er hat sich bereit erklärt, auch seinerseits diese Aussagen zu bestätigen."

„Ich machte Barbara Hutter klar, dass ich sie aufgrund dieses Geständnisses in Haft nehmen und der Staatsanwaltschaft zuführen müsse. Sie war nicht überrascht und hatte sogar damit gerechnet. Sie gab uns auch noch die Handynummer von Boris Jekow bekannt und versprach uns, dass auch er sich, zusammen mit seiner Freundin freiwillig bei uns melden würde.
Tatsächlich, erschien Jekow am folgenden Tag auf telefonische Vereinbarung bei uns, zusammen mit Rangsinee Swirawaki. Auch die beiden legten ein umfassendes Geständnis ab und wurden in Haft genommen. Auf die drei wartet ein Prozess wegen Anstiftung zum Mord. Boris Jekow gab auch den Namen des Südamerikaners bekannt, den er als Killer engagiert hatte. Es handelte sich dabei um einen Feliz Guarez, aus Buenos Aires. Jedenfalls habe er sich so genannt, gab Jekow zu Protokoll. Genauere Angaben konnte mir Boris Jekow leider auch nicht machen. Er hatte den Mann in Südamerika kennen gelernt und persönlich engagiert. Dieser gab ihm, aus verständlichen Gründen, weder Adresse, noch eine Telefonnummer von sich bekannt. Auf dem Handy von Jekow war glücklicherweise noch der Anruf gespeichert welcher der Killer

nach getaner Mission an seinen Auftraggeber gerichtet hatte. Gemäss der gespeicherten Telefonnummer handelte es sich aber um eine Telefonkabine bei der Schiffanlegestation am Bürkliplatz, wenige hundert Meter vom Tatort entfernt. Somit kamen wir natürlich auch nicht weiter. Da es sich beim Südamerikaner um einen Profikiller handelte, war dies allerdings auch nicht anders zu erwarten. Sofort veranlassten wir, nach Absprache mit der Staatsanwaltschaft, via Interpol eine internationale Ausschreibung und baten die Argentinische Polizei, den Killer wenn möglich ausfindig und dingfest zu machen.

Ich war mir sicher, dass alle drei, jetzt Angeschuldigten, Angesicht der besonderen Umstände und der Geständnisbereitschaft trotz schwerem Delikt, mit milden Strafen rechnen durften. Die Akte Hutter hätte mit diesen Geständnissen eigentlich abgeschlossen werden können, wären da nicht noch die vielen Nebenstraftaten. Noch immer war ich der festen Überzeugung, dass ich nicht aufgeben würde, bis alles aufgedeckt und die Schuldigen dem Richter vorgeführt sein würden.

*

Das noch immer aufgestapelte Holz am Wegrand bot mir und meinem Motorrad ein gutes Versteck. Seit 13:00 Uhr stand ich nun hier und beobachtete das in ungefähr 100 Metern Entfernung stehende Ferienhaus „Erika". Die Fensterläden waren allesamt verschlossen und es machte den Anschein, als ob das Haus unbewohnt wäre. Vor dem Chalet standen jedoch drei Autos welche die Anwesenheit von mehreren Leuten im Innern des Hauses verrieten. Gerne hätte ich mich dem Haus genähert, doch war das Risiko entdeckt zu werden, viel zu hoch. Ich durfte mir nicht ausdenken, was sich gerade in dem scheinbar friedlichen und idyllisch gelegenen Haus abspielte. Am liebsten wäre ich mit einer ganzen Truppe Grenadiere in das Haus eingedrungen und hätte die illustre Gesellschaft zerschlagen. Leider waren mir die Hände gebunden und ich war zum Nichtstun verdammt. So blieb ich denn in meinem Versteck und harrte der Dinge die da kommen sollten. Der Himmel war schon den ganzen Tag ziemlich bewölkt. Ein aufkommender, warmer Wind blies von Süden und verhinderte die, von Norden drückende Regenschauer. Die Zeit verging nur langsam und inzwischen war es halb sechs Uhr als plötzlich Bewegung vor dem

Haus entstand. Zwei Männer kamen heraus und bestiegen ihre Fahrzeuge. Die beiden fuhren an mir vorbei, doch konnte ich ihre Gesichter hinter den spiegelnden Fensterscheiben nicht erkennen. Ich notierte mir hingegen die Autonummern. Ich wusste, dass es sich beim dunkelroten Volvo welcher noch immer vor dem Haus stand, um den Wagen von Staatsanwalt Claudio Briselli handelte und beschloss deshalb, mein Hauptaugenmerk auf diesen zu richten. Es vergingen noch einmal ca. 15 Minuten, bis auch der Staatsanwalt aus dem Haus kam. In seiner Begleitung waren zwei Kinder. So wie ich es auf die Distanz erkennen konnte, handelte es sich um einen Buben und ein Mädchen. Die zwei Kinder bestiegen den Rücksitz des Volvos und Briselli setzte sich ans Steuer. Unmittelbar danach fuhr der Wagen weg. Kaum war er an meinem Versteck vorbeigefahren, setzte ich mich auf meine Maschine und folgte dem Wagen in unauffälligem Abstand. Es war nicht einfach, den Wagen im Auge zu behalten ohne selbst aufzufallen.

Staatsanwalt Briselli verliess das Tösstal und lenkte seinen Wagen via Autobahn in Richtung Zürich. Über die Nordumfahrung der Stadt erreichte er schliesslich die Ausfahrt Dietikon, wo er die Autobahn verliess. In einem nicht gerade luxuriösen Quartier dieser Zürcher Vorortsgemeinde, hielt er vor einem grossen Wohnsilo, unmittelbar an der Bahnlinie gelegen, seinen Wagen an und liess die Kinder aussteigen.

In diesem Teil der Gemeinde wohnen viele ausländische Arbeitskräfte, mehrheitlich minder betuchte Leute, die sich nur dank dem Einkommen beider Elternteile über Wasser halten können. Die Kleinkinder werden dabei in Kinderkrippen gesteckt und bei den grösseren handelt es sich meistens um sogenannte Schlüsselkinder die den ganzen Tag über auf sich selbst aufpassen müssen.

Kaum hatten die Kinder den Wagen verlassen, da brauste der Staatsanwalt auch schon wieder weg. Es gelang mir gerade noch, meine Maschine am Strassenrand abzustellen, als ich die Kinder in einem der grossen Wohnhäuser verschwinden sah. Schnellen Schrittes eilte ich zur Eingangstüre, welche glücklicherweise infolge des defekten Türschlosses nicht eingeschnappt war. So konnte ich in das Treppenhaus gelangen, wo ich eine Etage über mir gerade noch hörte, wie die Wohnungstür ins Schloss fiel.

Das Treppenhaus war schmutzig und die Luft mit verschiedensten Düften geschwängert die von meiner Nase nicht gerade als appetitanregend taxiert wurden. Ich begab mich durch das Treppenhaus nach oben und registrierte an der Wohnungstür hinter welcher die Kinder verschwunden waren, den Namen P. Gonzales.
Nachdem ich mir die Hausnummer und den Strassennamen notiert hatte, fuhr ich nach Hause zurück.

*

Im Osten senkte sich bereits die Sonne über dem Waldrand, als ich in meiner Vorstadtwohnung ankam. Ich zog mich aus und stellte mich zuerst unter die Dusche. Durch das beinahe kalte Wasser wird die Blutzirkulation angeregt und man fühlt sich danach richtig frisch. Jeden Abend geniesse ich diese Prozedur. Heute allerdings hätte es keine Dusche gebraucht um mich hellwach zu halten. Zu sehr beschäftigte mich mein aktueller Fall. Von Müdigkeit war keine Rede. Ich bewegte mich in der ganzen Wohnung wie ein Tiger in seinem Käfig und konnte keine innere Ruhe finden. In der Küche blieb ich eine Weile stehen und schaute aus dem Küchenfenster auf die Flugzeuge welche sich im Sinkflug dem Flughafen Zürich-Kloten näherten. Zufällig startete in diesem Moment eine Antonov Transportmaschine. Sie hob sich knapp über Glattbrugg ab und hinterliess einen dunklen Rauchschweif. Gedankenversunken schaute ich dem Grossraumtransporter nach und in mir weckte sich leises Fernweh. Zu gerne sässe ich jetzt in einem dieser Flugzeuge und flöge all meinen Problemen davon. Wie singt doch Reinhard Mey so treffend: „Über den Wolken muss die Freiheit wohl grenzenlos sein..." Ich sah mich schon mit Karin auf einer Terrasse irgendwo am Meer, wo die Abendsonne langsam im Meer versinkt. Vor uns einen feinen Drink und ein paar würzige Häppchen.

Das Klingeln des Telefons riss mich aus meinen Träumen. Freudig vernahm ich am andern Ende Karins beruhigende Stimme. „Wie geht es dir" fragte sie mich besorgt. Als feinfühlige Frau hatte sie längst bemerkt, dass mich irgendetwas über das normale Mass beschäftigte. „Ach, ganz gut", sagte ich. Es gelang mir aber nicht, meiner Stimme einen wirklich freien Klang zu geben. „Mach mir doch nichts vor", gab sie deshalb zur Antwort.

„Ich kenne dich inzwischen gut genug um zu merken, dass dich etwas bedrückt."
„Na ja, wie ich dir schon gesagt habe, bin ich zurzeit an einem ziemlich schwierigen Fall, der mich nicht los lässt." Versuchte ich mich zu entschuldigen.
„Was machst du morgen Sonntag"? fragte sie dann. Vermutlich dachte sie, dass sie mich auf andere Gedanken bringen könnte, was mir nur recht sein konnte.
„Ich habe mir noch nichts vorgenommen", fügte ich an. „Eigentlich wollte ich morgen ins Fitness gehen aber wenn du zu mir kommst, dann verzichte ich natürlich gerne darauf".
„OK, sollen wir einen Ausflug machen an irgend einen schönen Ort?" fragte sie dann.
„Ich habe eine bessere Idee. Ich mache es umgekehrt und gehe noch heute ins Training. Dafür koche ich uns morgen etwas Feines zum Mittagessen. Ist dir das auch recht"? fragte ich sie.
„Wie sollte mir das nicht recht sein, bei deinen Kochkünsten. Ich habe schon jetzt Hunger, wenn ich daran denke."
„Bestens, dann sehen wir uns morgen bei mir, sagen wir so um 11:00 Uhr, ist das für dich in Ordnung? Dann haben wir noch Zeit für einen feinen Apéro."

„Einverstanden, ich freue mich. Schlaf gut und bis morgen", sagte sie noch und hauchte mir einen Kuss durch die Leitung."
Sofort nahm ich meine Trainingstasche die immer bereit steht und begab mich ins Fitnesscenter. Während ich mich an den Geräten abmühte und beim anschliessenden Ausdauertraining auf dem Hometrainer überlegte ich mir, was ich morgen Feines kochen könnte. Das Kochen und natürlich auch das Essen ist eine grosse Leidenschaft von mir, weshalb ich auch regelmässig Fitness betreiben muss um die Spuren der kulinarischen Genüsse an meinem Körper in Grenzen zu halten.
Zum Glück ist der Flughafen mit den langen Geschäftsöffnungszeiten nicht weit, sodass ich nach dem Training noch dort vorbei fahren konnte um die nötigen Einkäufe zu tätigen. Ich versuche immer etwas Neues zu kochen damit meine Gäste nicht sagen müssen, „bei dem gibt's immer dasselbe." Das Experimentieren in der Küche bereitet mir unheimlich Spass.
Ich hatte mir das ganze Menu im Kopf zusammen- gestellt und brauchte nur noch die Zutaten zu kaufen.

*

Obwohl ich jetzt stark vom Polizeialltag abgelenkt war, gelang es mir nicht, Die missbrauchten Kinder und die perversen Persönlichkeiten aus meinem Kopf zu verdrängen. Immer wieder tauchten deren Gesichter in meinem Unterbewusstsein auf. Um 22:00 Uhr schaute ich mir noch die Tagesschau an, dann ging ich zu Bett. Es dauerte ziemlich lange, bis die Müdigkeit siegte und der Schlaf endlich über mich kam.

Es war erst kurz nach fünf Uhr in der Früh, als ich bereits wieder erwachte. Sofort merkte ich, dass ich wohl nicht mehr einschlafen könnte, zu hell wach war ich. Ich drehte mich von der einen auf die andere Seite und versuchte doch noch ein wenig zu schlafen. Schliesslich stand ich auf. Der Wecker zeigte 06:28 Uhr. Für einen Sonntag, meines Erachtens, eigentlich viel zu früh. Gemütlich machte ich meine Morgentoilette, bevor ich mir einen Kaffee und ein Joghurt genehmigte. Ich hatte viel Zeit und so begann ich ohne Hektik mit den Vorbereitungen für das Mittagessen. Ich hatte mir vorgenommen, Karin so richtig zu verwöhnen.

Pünktlich um 11:00 Uhr läutete es an meiner Wohnungstür und Karin kam herein. Wir fielen uns in die Arme und sie überreichte mir eine gute Flasche spanischen Tempranillo.

„Schön, dass du da bist" sagte ich ihr. „Ein Sonntag ohne dich ist wie ein Morgen ohne Sonne"

„Jetzt übertreib mal nicht" dämpfte sie meinen Übermut. „Ich komme ja liebend gern hierher, zumal ich weiss, dass es immer etwas Feines zum Essen gibt."

„Nur deswegen"? spielte ich den Beleidigten. Sie lachte und gab mir zur Antwort einen Kuss.

Aufgrund des nicht sehr warmen Wetters beschlossen wir, nur den Aperitif auf der Terrasse zu nehmen und anschliessend zum Essen in die Wohnung zu gehen.

Zur Einstimmung hatte ich Dörrfrüchte mit Speck umwickelt und angebraten. Der süss/salzige Geschmack passt perfekt zu trockenem Weisswein und regt den Appetit an. Nach ca. einer halben Stunde wurde es ihr zu kühl, sodass wir uns in die Wohnung begaben. Nachdem sich Karin an den Tisch gesetzt hatte, verriet ich ihr, was ich gekocht hatte.

„Es gibt zum Anfangen ein Meerrettich-Schaumsüppchen mit geräuchten Forellenstückchen. Danach einen kleinen Salat und zum Hauptgang ein rosa gebratenes

Lammcarré mit feinen grünen Bohnen und jungen Bratkartoffeln. Das Dessert verrate ich noch nicht. Das soll eine Überraschung sein. Ist das für dich in Ordnung"?

„Wie könnte es nicht in Ordnung sein? Du übertriffst dich ja jedes Mal selbst wenn du für uns kochst" schmeichelte sie mir. „Du bist es mir wert", gab ich das Kompliment zurück.

Wir genossen das, meines Erachtens, ganz gut gelungene Mittagessen und wir redeten über Gott und die Welt. Ich merkte, dass Karin bemüht war, nichts Berufliches zu reden und mir auch keine Fragen zu stellen. Vermutlich hoffte sie, damit meine Gedanken vom aktuellen Fall abzulenken, was ihr leider nur teilweise gelang. Ich merkte einfach, dass ich heute nicht frei war im Kopf und der Gedanke an das Schlechte im Menschen sich einfach irgendwo in den Hirnwindungen festgesetzt hatte und sich von dort nicht mehr herausschütteln liess.

Als wir schliesslich auch das Dessert, frische, heisse Feigen mit einer Sabayoncrème überbacken und einer Kugel Vanille Eis genossen hatten, rückten die Zeiger bereits gegen 17:00 Uhr. Karin war mir noch behilflich beim Aufräumen der Küche, bevor sie sich auf den Heimweg begab. Kaum zuhause angekommen rief sie mich noch einmal an um sich für den schönen Nachmittag zu bedanken.

*

Noch waren alle anderen Büros unbesetzt, als ich am frühen Montagmorgen die Räumlichkeiten der Mordkommission betrat. Trotz der netten Ablenkung die ich durch den Besuch von Karin erleben durfte, Wollte es mir diesmal nicht gelingen, Privates und Geschäftliches voneinander zu trennen. Bisher war es immer eine meiner Stärken gewesen, die nicht immer erfreuliche Arbeit für einige Stunden zu vergessen, wenn ich das Büro verliess. Im aktuellen Fall aber, liess mich diese Fähigkeit völlig im Stich. Tag und Nacht schwirrten verschiedenste Gedanken durch meinen Kopf und raubten mich meines dringend benötigten Schlafes.
Ich installierte mich an meinem Schreibtisch indem ich meinen Computer auf startete. Schon kurz danach betrat auch mein Kollege Alain Bayard unseren gemeinsamen Raum.
Er hatte die Tür hinter sich noch nicht geschlossen, als mein Telefon läutete und mein Chef Beat Koch mich zu sich rief. Seiner

Stimme zu entnehmen, handelt es sich um eine sehr ernsthafte Angelegenheit in welcher er mich zu sprechen wünschte.
Als ich nach kurzem Anklopfen sein Büro betrat, sass neben ihm sein Vorgesetzter, Richard Buhner. Ein Kerl, den ich noch nie leiden konnte. Er scheint mir so schleimig. Immer lächelnd und auf gut Kollege machend, aber hinten herum falsch und gemein. Ein richtiger „Türklinkenpolierer" wie wir das nennen. Einen der immer bei seinen Vorgesetzten versucht sich möglichst gut zu verkaufen und ihnen schmeichelt. Gegen unten aber strampelt um noch höher hinauf zu kommen. Solche Leute kann ich nicht ausstehen. Sie würden auch nie hinter der Mannschaft stehen, wenn es brenzlig wird, sondern sie lassen ihre Mitarbeiter fallen wie heisse Kartoffeln, genau in dem Moment wo man auf Unterstützung von oben angewiesen wäre. Aber solche Leute gibt es wohl in jeder Firma und auf allen Stufen der Hierarchie. Das pure Gegenteil ist unser Chef, er ist immer gradlinig und korrekt, zu allen Mitarbeitern gleich, auch wenn er sich hier seinen Vorgesetzten beugen muss. Ich sah ihm förmlich an, dass er bestimmt gegen seinen Willen eine Rüge erteilen musste.

„Franz, ich bin von dir enttäuscht" begann er das Gespräch. „Ich habe dir doch vergangene Woche klar gesagt, du sollst dich ausschliesslich um den Mörder von Werner Hutter kümmern und nicht mehr weiter im dieser trüben Suppe mit den prominenten Beteiligten herumstochern."

„Daran habe ich mich ja bis anhin auch gehalten meines Wissens. Immerhin konnte der Mörder ausfindig gemacht werden", gab ich zu meiner Verteidigung bekannt.

„Was hast du denn im Reisebüro „Well Asia" getan? Die Anwaltskanzlei Consulting und Partner hat sich schriftlich an das Kommando gewandt und sich über dich beklagt. Ich bin nun gezwungen, dich gänzlich von diesem Fall abzuziehen und einen anderen Kollegen damit zu beauftragen. Ich muss dir dazu noch folgendes sagen: Solltest du dich noch immer nicht an meine Anweisungen halten, riskierst du, vom Dienst suspendiert zu werden. Ich hoffe, dass es nie soweit kommt."

Ich wähnte mich in einem falschen Film. Sollte das etwa ein Witz sein, was ich da soeben gehört hatte? Doch keiner lachte; ich musste annehmen, dass es tatsächlich ernst gemeint war. Wo sind wir den hier? Schien mich mein Gehirn zu fragen. Wir sind doch in der vielgelobten Schweiz, wo alles seine Regeln hat und nichts dem Zufall überlassen wird. Alles läuft hier nach Recht und Ordnung in abgesteckten Bahnen. Jedenfalls dachte ich so bis zum heutigen Tag. Hatte ich mich in all den Jahren getäuscht? Das durfte ja nicht wahr sein. Wir leben doch nicht in einer Bananenrepublik irgendwo im Busch. Wir sind ein durch und durch zivilisiertes Land!

Mir war klar, dass mich mein Chef zwar verstand, jedoch gezwungen war so zu reagieren. Ebenso sicher war ich, dass er sich bis aufs Äusserste für mich eingesetzt hatte aber in der Hierarchie leider nicht weit genug oben war um meine Verteidigung durchzusetzen.

Ich versuchte, gute Miene zum bösen Spiel zu machen als ich das Chefbüro, wenn auch mit hängenden Ohren verliess und mich zu meinem Arbeitsplatz begab. Dort räumte ich alle Sachen zusammen die mit diesem Fall zu tun hatten und übergab den ganzen Aktenberg meinem Chef, der ihn einem anderen Ermittler weitergeben würde. Ich versäumte dabei aber nicht, mir wichtig scheinende Dokumente noch schnell zu kopieren und für meinen Gebrauch zur Seite zu schaffen. Ich war mir noch nie so sicher wie jetzt, dass ich in dieser

Sache bis zum bitteren Ende weitermachen und niemals aufgeben würde. Selbst wenn es mich meine Stelle bei der Polizei kosten sollte, dann würde ich als ziviler Detektiv daran weiter arbeiten.

*

Staatsanwalt Claudio Briselli betrat leise vor sich hin pfeifend das Vorzimmer zu seinem geräumigen Büro. Er war gut gelaunt als er mit aufgelockerter Stimme gegenüber seiner Sekretärin verlauten liess:
„Ich möchte für ca. eine Stunde nicht gestört werden". Dann setzte er sich in den mit Leder überzogenen Bürostuhl an seinen Schreibtisch und begann der Reihe nach, seine engsten Freunde anzurufen. „Endlich eine erfreuliche Nachricht" begann er seine Telefonate. „Ich habe soeben aus zuverlässiger Quelle erfahren, dass dieser Schnüffler Buck sich nicht an die Abmachung gehalten hat und trotz dem auferlegten Verbot in unseren Kreisen weiter ermittelt hat. Zur Strafe wurde ihm nun der Fall gänzlich entzogen und einem anderen Polizisten übergeben. Ich bin darüber sehr beruhigt, denn ich kenne die Arbeitsmethoden der einzelnen Beamten in dieser Abteilung und

ich kann Euch versichern, es gibt keinen andern, der uns nur halb so gefährlich werden könnte wie Buck. Natürlich wird auch der Neue die Unterlagen von Buck bekommen, doch bin ich mir sicher, dass jeder andere sich an die auferlegten Regeln halten wird und uns in Ruhe lässt. Wenn nicht, dann werde ich mal ein Machtwort sprechen." Die Erleichterung war ihm anzusehen und man hörte fast eine Art Begeisterung aus seinen Worten. „Trotzdem", fuhr er weiter, „ganz ist die Gefahr noch nicht abgewandt. Haltet euch an das was ich letzte Woche gesagt habe und macht von allem Anfang an von eurem Schweigerecht Gebrauch. Wenn es dann trotzdem zu einer Untersuchung kommen sollte, dann werde ich mich persönlich um die besten Anwälte kümmern."

*

Obwohl ich mich anstrengte, andere Akten zu studieren und ältere Fälle aufzuarbeiten, gelang es mich nicht, mich nur teilweise auf die Dokumente zu konzentrieren. In meinem Hirn arbeitete es unaufhörlich und ich stellte mir die Frage, wie ich nun weiter machen sollte. Dabei war ich natürlich auf Alain angewiesen, welcher mir die wichtigsten Daten übermitteln musste. Ich selbst hatte ja keinen Zugriff mehr darauf. Allerdings wollte ich meinen jungen Kollegen auch nicht der Gefahr aussetzen, seine Stelle zu verlieren, nur weil er mir half.

Irgendwann, es war schon Nachmittag, beschloss ich, noch heute Abend der Familie Gonzales einen Besuch abzustatten. Tagsüber waren die Eltern bestimmt am Arbeiten, deshalb suchte ich mir für den Besuch den Abend aus.

Ich rief Karin an und erklärte ihr, dass es heute Abend später würde bei mir und dass wir unser Treffen auf morgen verschieben sollten. Wir hatten ausgemacht, dass ich direkt nach Büroschluss bei ihr vorbei schauen würde. Zuerst wollte sie es nicht begreifen. „Du hast heute ja gar kein Pikett, weshalb bleibst du denn länger im Geschäft?" fragte sie mich. Ich erklärte ihr, dass ich in einem alten Fall noch etwas unternehmen müsse, das tagsüber nicht erledigt werden könne. Damit gab sie sich zufrieden. „Ich freue mich schon auf den morgigen Abend aber bitte, versetz mich nicht wieder" sagte sie abschliessend zu mir und legte auf. Karin war eine wunderbare Frau. Sie brauchte so viel

Verständnis für mich und meine Arbeit. Unzählige Male ist es schon vorgekommen, dass ich ihr in letzter Minute noch absagen musste, obwohl wir fest abgemacht hatten zuvor.

*

Noch sass ich über den Papierbergen mit alten Fällen und wusste gar nicht was ich las, als plötzlich die Tür geöffnet wurde und ein junger Kollege mir ein Fax überreichte. „Hier, ein Fax für dich von Interpol Buenos Aires", sagte er und verliess umgehend mein Büro. Gespannt las ich den schlecht lesbaren Text. Zu meinem Erstaunen kam nicht eine eigentliche Antwort, sondern die argentinischen Kollegen fragten nun ihrerseits, was wir über diesen Feliz Guarez wüssten. Dieser sei nämlich einem Mordanschlag zum Opfer gefallen. Als er im Parkhaus des „Ezeiza International Airport" in Buenos Aires seinen Wagen besteigen wollte, sei er von einem Unbekannten erschossen und ausgeraubt worden. Somit konnte er für den Auftrag Mord in Zürich, nicht mehr zur Rechenschaft gezogen werden.

*

Die Kirchturmuhr der Vorortsgemeinde schlug soeben 18:30 Uhr, als ich mein Motorrad in die Glanzenbergstrasse in Dietikon lenkte und am Strassenrand abstellte. Über den Plattenweg begab ich mich zum Hochhaus, in welchem die Familie Gonzales wohnte. Das Schloss der Haustüre war noch immer defekt, und somit hatte ich freien Zutritt zum Treppenhaus. Zwar hatten sich die verschiedenen Küchen- und sonstigen Gerüche leicht verändert, trotzdem registrierte mein Geruchsinn keine wirkliche Freude daran. Ich betätigte den Klingelknopf unter welchem auf einem aufgeklebten Papierzettel in Handschrift „P. Gonzales" stand.

Aus einer Wohnung eines weiter oben liegenden Stockwerkes drang eine kreischende Frauenstimme in einer mir fremden Sprache. Eine Männerstimme schrie ebenso laut zurück. Mir fiel gerade der treffende Spruch ein: „Wie man in den Wald schreit, so kommt das Echo heraus", als sich der Schlüssel drehte und die Tür der Familie Gonzales sich öffnete.

„Brauchen nix" erklärte eine ziemlich kleine, nicht gerade zierlich gebaute Frau bei meinem Anblick. Die Frau, bei welcher es sich

offensichtlich um Frau Gonzales handelte, wollte die Tür gleich wieder schliessen.
„Ich verkaufe nichts" meldete ich mich sofort.
„Mein Name ist Buck, ich bin von der Zürcher Polizei und möchte ihnen gerne einige Fragen stellen."
Die Frau musterte zuerst mich, dann meinen Polizeiausweis, mit einem prüfenden Blick. Dann liess sie mich, wenn auch nicht sehr erfreut über meinen Besuch, eintreten. Auf Spanisch oder Portugiesisch rief sie ihrem Mann, der lautstark fernsah. Sie begleitete mich in das kleine Wohnzimmer in welchem eine viel zu grosse Polstergruppe mehr Platz versperrte als sie bot. Der Mann sass auf einem Sessel gegenüber dem Sofa. Er hatte ein Bier vor sich und genoss offensichtlich seinen Feierabend. Auf dem Salontisch stand ein überfüllter Aschenbecher und die Luft im Wohnzimmer war vernebelt. Ich fühlte mich wie eine Rauchwurst in der Räucherkammer. Der Mann erhob sich wobei er seine Trainingshose über seinen ziemlich stolzen Bierbauch zog. Er streckte mir seine Hand zum Gruss entgegen und fragte mich in gebrochenem Deutsch, was ich von ihnen wolle.

„Mein Name ist Buck" wiederholte ich, indem ich ihm meinen Polizeiausweis ebenfalls zeigte. „Ich möchte ihnen einige Fragen zu Ihren Kindern stellen."
„Was soll das? Meine Kinder alles gut erzogen. Meine Kinder sicher nichts anstellen." Nahm er seine Sprösslinge, mit einem ziemlich aggressiven Tonfall, sofort in Schutz.
„Ich sage nicht, sie hätten etwas angestellt aber so wie es aussieht, sind sie als Opfer in eine üble Sache geraten. Ist ihnen in letzter Zeit etwas an den Kindern aufgefallen?"
„Was mir aufgefallen? Die Kinder alle brav und gut. Immer gehen jeden Tag Schule."
„Haben zum Beispiel ihre Leistungen in der Schule nachgelassen oder haben die Kinder plötzlich Spielsachen die Sie ihnen nicht gekauft haben oder irgendetwas in dieser Richtung?" Wollte ich weiter wissen.
„Was sie wollen von uns? Ich nicht rufen Polizei. Warum Du machen Problem? Nur weil ich Ausländer, sind Kinder nicht schlecht!" Wurde er immer lauter und gereizter.
Ich versuchte ihn zu beruhigen und machte ihm klar, dass ich vermutete, seine Kinder könnten sexuell von jemandem ausgebeutet worden sein. Diese Ankündigung war für den guten Mann zu viel und er bat mich sehr laut

und schroff, seine Wohnung zu verlassen. Nicht ohne mir noch zu sagen, seine Kinder seien gut gläubig erzogen, gingen immer sonntags in die Kirche und würden bestimmt so etwas nie tun. Am Schluss fügte er noch bei, er werde sich über mich beschweren.
Da ich keinen Hausdurchsuchungsbefehl und eigentlich auch keine Berechtigung hatte um mich in dieser Wohnung aufzuhalten, verliess ich sie ohne grossen Erfolg und machte mich ziemlich missmutig, auf den Heimweg. Frau Gonzales schien das Verhalten ihres Mannes sichtlich nicht zu goutieren, doch wagte sie sich nicht, es zu sagen. Sie stand nur in einer Ecke und schaute verängstigt abwechselnd ihren Mann und mich an. Heimlich erhoffte ich mir, dass sie mich vielleicht später kontaktieren würde. Um meine Hoffnung zu untermauern, steckte ich der Frau bei der Verabschiedung, im Vorbeigehen, diskret meine Visitenkarte zu.

*

Noch bevor mein Wecker piepste, wurde ich durch lautes Vogelgezwitscher geweckt. Ich kann mir keinen schöneren Weckdienst vorstellen als verschiedene Vogelstimmen, eventuell noch vermischt mit fernem Kuhglockengeläute. Für mich bedeutet das Natur, Freiheit und Eigenständigkeit. Das sind Themen für die ich mich immer eingesetzt habe und die ich auch weiterhin verteidigen werde. Wenn da nur nicht dieser graue Alltag wäre mit den vielen unsauberen Machenschaften und dem Filz den ich leider in den vergangenen Tagen nur zu gut kennen gelernt hatte.

Noch unter der erfrischenden Dusche stehend, beschloss ich, einen Bericht abzufassen in welchem ich alles aufschreiben würde, was ich über die Kindersexaffäre wusste. Kaum im Büro angelangt, begann ich mit dem Bericht. Darin liess ich auch einfliessen, was ich im Chalet „Erika" gehört hatte. Natürlich gab ich nicht preis, wie ich zu diesen Informationen gekommen war. Sollte ich irgendwann vor Gericht gezogen werden würde ich mein illegales Tun sicher offen legen und nicht verleugnen. Heute war es jedoch noch zu früh für dieses Bekenntnis. Ich schrieb den ganzen Vormittag und im Laufe des Nachmittags war mein Bericht fertig. Ich sandte den ganzen Papierkram direkt, ohne ihn meinem Chef zu präsentieren, an die Staatsanwaltschaft, in der

Absicht, damit eine Strafuntersuchung einzuleiten.

Nach dem Verfassen und dem Weiterleiten dieses Berichtes fühlte ich mich total erleichtert. Auch wenn ich mir durchaus bewusst war, dass ich mich damit in die Dornen gesetzt hatte. Völlig erleichtert und gut gelaunt lud ich meinen Büropartner Alain zu einem Feierabendbier in die Hevti-Bar, beim Stauffacher, ein.

*

Auch wenn ich immer auf Tiefschläge gefasst bin und schon etliche solche einstecken musste in meiner Karriere, so sollte der nächste Tag in dieser Hinsicht doch alles bisher Dagewesene übertreffen. Zwar wusste ich, dass ich nicht nur ein heisses, sondern sogar ein glühendes Eisen angerührt hatte mit meinem gestrigen Bericht. Dass ich mir daran die Hände verbrennen würde, war mir bewusst und ich nahm es aus Überzeugung zur Sache, auch auf mich. Der Frührapport war vorbei und die Zeiger der Uhr über der Bürotür rückten gegen 10 Uhr, als das Telefon schrillte. War es jetzt besonders laut oder bildete ich mir nur ein, dass es lauter tönte als sonst? Jedenfalls war mein Chef am andern Ende der Leitung und er bat mich in einem schroffen Ton in sein Büro. Einen Ton bei dem es einem kalt den Rücken hinunter lief. Ich kannte meinen Chef jetzt schon lange, aber diesen Ton hatte er bis heute noch nie angeschlagen mir gegenüber.

„Komm sofort in mein Büro" herrschte er mich an. Den Grund dieses Befehls konnte ich mir lebhaft vorstellen. Es musste wohl an meinem gestrigen Bericht liegen. Ich täuschte mich, auch wenn natürlich alles einen Zusammenhang hatte. Der besagte Bericht wurde mit keinem Wort erwähnt und trotzdem waren die aus dieser Besprechung resultierenden Konsequenzen für mich, meines Erachtens, jenseits von Gut und Böse.

Unser Dienstchef, Beat Koch, hatte einen so düsteren Gesichtsausdruck aufgezogen, wie ich das von ihm in den bisherigen schlimmsten Situationen noch nie gesehen hatte. Wieder war er nicht alleine in seinem Büro, sondern wurde zu seiner Linken von unserem Personalchef flankiert. Zu seiner Rechten sass der Kommandant persönlich. Auch der mir so unsympathische, schleimige Abteilungsleiter Richard Buhner, sass am Tisch. Nach einem flüchtigen Gruss liess Beat

Koch mich Platz nehmen und begann gleich das Gespräch indem er mich an unser letztes Zusammentreffen erinnerte. Er rügte mein uneinsichtiges Verhalten. Dabei stützte er sich auf die Beschwerde eines gewissen Gonzales, welche gestern Abend beim Kommando eingegangen sei. „Warum nur, kannst du nicht die Finger von dieser Sache lassen?" fragte er mich vorwurfsvoll.

„Weil ich einen Eid geschworen habe und rein zufällig einer ganz schlimmen Schweinerei auf die Spur gekommen bin, die ich nicht einfach ungeahndet lassen kann." Entgegnete ich seine Frage.

Dann ergriff der Personalchef das Wort. Er war äusserlich ein eher kleinwüchsiger, biederer Mann, dessen Kleidung eine Nummer zu gross geraten schien. Seine harten Gesichtszüge drückten hingegen ein sehr grosses Durchsetzungsvermögen aus, das ganz im Gegensatz zu der kleinen und feinen Gestalt stand. Seine Worte setzten der Rüge des Chefs die Krone auf, indem er kurz und bündig sagte: „Da sie leider nicht anders zur Vernunft zu bringen sind, sehen wir uns gezwungen, sie im Auftrag des Kommandos, vorläufig von Ihrem Dienst frei zu stellen. Ich bitte sie,

lassen sie Ihre Waffe und ihren Polizeiausweis hier und räumen sie Ihr Büro!"
Peng!! Das sass. Mir blieb dar ob die Spucke weg. Dass die ganze Sache so enden könnte, hatte ich angesichts der Brisanz dieses Falles zwar nie gänzlich ausgeschlossen, jedoch nicht schon zu so frühem Zeitpunkt erwartet. Die Strafuntersuchung gegen den Kindersexring war ja noch gar nicht angelaufen. Zum Glück hatte ich gestern meinen Bericht geschrieben und abgeschickt. Ab sofort hätte ich dazu keine Möglichkeit mehr gehabt.
Der Kommandant nickte nur leicht, sagte dazu aber kein Wort.
„Ist diese Massnahme definitiv?" Fragte ich ungläubig.
„Daran gibt es nichts mehr zu rütteln. Sie wurden frühzeitig gewarnt und man hat ihnen zu ihrem eigenen Schutz sogar den Fall entzogen. Mehr konnten wir für sie nicht tun. Diese Massnahme hätte für sie eine Warnung sein sollen. Sie scheinen zu vergessen, dass sie im öffentlichen Dienst angestellt sind und die Befehle der Vorgesetzten zu befolgen haben. Stattdessen glaubten sie wohl, sie seien etwas Besseres. Nur weil sie bisher einige Mordfälle aufgeklärt haben bilden sie sich ein, sie könnten uns auf der Nase herum tanzen. Jetzt

ist der Bogen überspannt Herr Buck und wir müssen die Konsequenzen ziehen." Mit jedem Wort wurde mir der Typ, welchen ich nie wirklich gemocht hatte, unsympathischer.

„OK, sie stehen hierarchisch über mir und somit bleibt mir nichts anderes übrig als zu tun was sie sagen. Darf ich aber trotzdem noch etwas zufügen?" liess ich mich vernehmen.

„Bitte!" sagte diesmal der Kommandant. Der Personalchef schaute mir dabei in die Augen, als ob er mich hypnotisieren wollte. Ich hielt allerdings seinem Blick locker stand und erwiderte:

„Ich möchte Ihnen nur noch sagen, dass ich mich absolut unschuldig fühle und dass ich nie gedacht hätte, dass so ein Filz hier bei uns in der Schweiz möglich wäre. Ich kann Ihnen versichern, ich würde jederzeit wieder genau so handeln wie ich bisher vorgegangen bin. Ich habe mir nichts, überhaupt nichts vorzuwerfen. Hätte ich die Anordnungen befolgt, könnte ich zwar weiter arbeiten bei der Polizei, doch würde ich mich als Teil dieses Filzes fühlen und mich nie mehr in einem Spiegel betrachten können. Da ist mir ein Arbeitslosendasein doch viel lieber. Mehr habe ich dazu nicht zu sagen. Ich wünsche Ihnen einen schönen Tag." Dann grüsste ich förmlich und verliess das Chefbüro.

Meine Akten waren schnell zusammengeräumt und ich überbrachte sie meinem Chef, zusammen mit meiner Dienstwaffe und meinem Polizeiausweis. Beat Koch war die Sache mehr als unangenehm. Irgendwie hatte ich das Gefühl, er schäme sich fast, dass er sich gegen seine Vorgesetzten nicht durchzusetzen gewusst hatte. Ich war mir sicher, dass er mit dieser Massnahme nicht einverstanden war. Es machte den Anschein, als ob er nach Worten suchen würde. Ich hatte ihn noch nie so unsicher und so hilflos gesehen. Ich lockerte seine Stimmung indem ich sagte: „Machen Sie sich keine Sorge um mich. Ich bin noch immer wieder auf die Beine gekommen und ich fühle, dass es auch diesmal nicht anders sein wird. Obwohl ich innerlich kochte und am liebsten Kleinholz aus meinem Büro gemacht hätte, gelang es mir, äusserlich ruhig zu bleiben.

Alain schlich hinter mir her wie ein kleines Kind dem Rockzipfel seiner Mutter und versuchte, mich ebenfalls irgendwie zu trösten. Auch ihn beruhigte ich und untersagte ihm, mich anzurufen. Trotz meiner inneren Wut staunte ich über mich selbst, dass ich so ruhig bleiben konnte. Ich vereinbarte mit Alain im Geheimen noch heute Abend ein Treffen in der „alten Post" in Seebach. Ich wollte ihn nicht der Gefahr des Erwischt Werdens aussetzen. In diesem Lokal das sich am Stadtrand befindet, bestand kaum ein Risiko, dass uns dort jemand sehen würde.

*

Kaum hatte ich mein Büro verlassen, läutete das noch immer auf mich registrierte Telefon. Alain, der meinem zurzeit verwaisten Platz gegenüber sass, nahm zögernd den Hörer ab. Was sollte er nur sagen, falls jemand mich zu sprechen wünschte? Er konnte ja nicht jedem unter die Nase binden, dass ich vom Dienst suspendiert sei.
„Zürcher Polizei, Bayard am Apparat von Buck" sagte er in die Sprechmuschel.
„Nach einigen Gedenksekunden meldete sich eine zögerliche und verunsicherte Frauenstimme: „ Gonzales hier. Ich wollen sprechen mit Herr Buck." Sofort erkannte mein Kollege um was es hier ging und tat das einzig Richtige. Entgegen jeder Vorschrift gab er der Frau meine Handy Nummer. Er wusste ja, dass ich trotz aller Verbote und Auflagen

meine Ermittlungen weiter führen würde und er war überzeugt, dass mich die Aussagen von Frau Gonzales brennend interessieren würden. Kaum eine Stunde später sass ich der Frau im Café eines, unweit ihres Wohnortes liegenden Einkaufscenters, gegenüber. Sie entschuldigte sich für das gestrige Benehmen ihres Mannes. Sie habe dies absolut nicht richtig gefunden, doch habe sie keine Möglichkeit gehabt, ihn daran zu hindern, da sie sonst nach meinem Weggang von ihm geschlagen worden wäre. Ich riet ihr, die Polizei zu alarmieren, wenn er sie das nächste Mal schlagen sollte. Ich erklärte ihr, dass wir in der Schweiz seien und dass hier die Männer mit Konsequenzen rechnen müssten wenn sie ihre Frauen schlagen würden. Ich zweifelte allerdings daran, dass sich die Frau an meinen Ratschlag halten würde.

Nun stellte ich der Frau diejenigen Fragen welche ich eigentlich vorgestern Abend hatte stellen wollen. Es bewahrheitete sich einmal mehr, dass die Kinder oft teure Spielsachen hatten deren Herkunft nie bekannt war. Die Kinder sagten jeweils, sie hätten sie von Kollegen geliehen. Seit bald zwei Jahren seien zudem die schulischen Leistungen beider Kinder massiv zurückgegangen. Die Tochter habe zuvor immer zu den Besten der Klasse gehört und dieses Jahr stehe noch nicht einmal fest, ob sie den Aufstieg in die nächste Klasse schaffen würde.

Ich erklärte der Frau dass wir Vermutungen hätten, die Kinder könnten eventuell sexuell ausgenutzt werden von jemandem. Natürlich nannte ich weder Namen noch Details. Ich riet ihr einzig, die Kinder an freien Nachmittagen nicht sich selbst zu überlassen, sondern sie irgendwie zu beschäftigen oder durch jemanden beaufsichtigen zu lassen.

*

Dann rief ich Karin an und erklärte ihr, was mir zugestossen war. Sie wusste nicht, was sie sagen sollte. Bis heute hatte ich ihr ja noch absolut nichts erzählt von diesem Tötungsdelikt und dessen Hintergründe. Sie wusste bisher nur aus den Medien, dass der Politiker Werner Hutter, mit dem Übernamen „Saubermacher", einem Tötungsdelikt zum Opfer gefallen war. Ich hatte ihr bisher nur zu verstehen gegeben, dass ich an einem brisanten Fall arbeiten würde. Sie war reif und erwachsen genug, um mich nicht mit Fragen zu löchern. Sie wusste, dass ich aus beruflicher Schweigepflicht nicht über meine Fälle sprechen durfte mit ihr. Wir verabredeten uns für die kommende Mittagspause im „Casa Mia" am Werdmühleplatz. Sie konnte eine längere Mittagspause einschalten und dafür am Abend eine Stunde länger arbeiten. Nun war es Zeit, sie in die Fakten dieser Ermittlungsarbeiten einzuweihen. Auch wenn ich dadurch gegen die Schweigepflicht verstossen würde. Sie hat es verdient zu wissen, weshalb ich suspendiert wurde und ich bin mir zu 100% sicher, dass sie es nicht weiter erzählen wird.

Wie verabredet, trafen wir uns um 11:40 Uhr in der dortigen, grossen Gartenwirtschaft. Sie schien über das was sie bisher nur andeutungsweise am Telefon von mir gehört hatte, sehr verunsichert und sie wusste offensichtlich nicht recht was sie sagen sollte. Sie machte sich grosse Sorgen um meine Zukunft und ich versuchte, sie zu beruhigen.

Eigentlich komisch. Ich werde von meiner Arbeit suspendiert und sie macht sich die grösseren Sorgen als ich selbst. Aber so ist Karin nun einmal. Sie denkt immer zuerst an die andern. Ihre Person stellt sie dabei gänzlich in den Hintergrund.

„Ich bin zu 100% sicher, dass ich meine Arbeit wieder aufnehmen werde. Früher oder später", versuchte ich sie zu beruhigen. Dann erzählte ich ihr alles was bisher in dieser Sache gelaufen war.

Ihre Reaktion war so, wie ich sie mir vorgestellt hatte. Sie verstand mich voll und ganz und sie hielt in allen Punkten zu mir.

„Ich würde an deiner Stelle genau gleich handeln", sagte sie um dann in einem ganz empörten Ton zuzufügen: „ Es kann ja nicht sein, dass man so eine Schweinerei einfach unter den Tisch fegt, nur weil einflussreiche Herren darin verwickelt sind. Das ist ja schlimmer als im hintersten Urwaldstaat".

„Ja, leider, wie du jetzt selbst siehst, sind wir nicht weit von so einem Staat entfernt. Ich werde aber alles tun um diesen falschen Machenschaften einen Riegel schieben zu können"

Inzwischen waren, vor lauter Reden, ihre Lasagne Bolognese und meine Pizza al Casa ziemlich abgekühlt. Wir assen beiden nur ca. die Hälfte. Dann bezahlte ich die Rechnung und wir verabschiedeten uns von- einander.

*

Die „alte Post" war mittelmässig besetzt. Einige Männer in Handwerkerkleidung tranken am Stammtisch ihr Feierabendbier und am Tisch links des Einganges sassen vier ältere Herren und spielten Karten. Aus der Musikbox dröhnten alte Schlager und ein einzelner Herr, zu dessen Füssen ein schwarzer Schäferhund lag, ass einen Wurstsalat. Ich setzte mich an einen freien Tisch, ein wenig abseits der anderen Gäste. Kaum hatte ich mein Bier bestellt, da betrat auch schon Alain das Lokal.
„Wie fühlst du dich?" Fragte er indem er sich mir gegenüber setzte.
„Verschissen würde ich auf gut deutsch sagen aber kämpferisch" beantwortete ich seine Frage.
„Weiss jemand dass wir uns heute treffen"? Wollte ich wissen.
„Ja, Angela. Sie hat sich bei mir nach deinem Befinden erkundigt. Dann habe ich es ihr gesagt. Sonst weiss niemand davon und ich habe sie auch gebeten, es nicht weiter zu erzählen. Sie lässt dich herzlich grüssen. Ich muss sagen, ausnahmslos alle Kollegen unserer Abteilung haben Unverständnis geäussert über diese Massnahme die dir auferlegt wurde."

„Das ist zwar nett, aber es hilft mir auch nicht weiter. Momentan fühle ich mich in einer Sackgasse, aber ich spüre, dass ich auch da wieder herausfinden werde."

„Übrigens", schoss es förmlich aus seinem Mund: „Dein Bericht scheint etwas zu bewegen. Du wirst es nicht glauben aber ich habe vom Max Meingut aus der technischen Abteilung gehört, dass er den Auftrag bekommen hat, das Ferienhaus von Briselli nach illegal eingebauten Wanzen abzusuchen. Ich habe mir natürlich nichts anmerken lassen. Innerlich aber musste ich laut lachen."

„Das freut mich aber zu hören. Offensichtlich hat Briselli langsam die Hosen voll. Das schadet gar nichts. Ich könnte mir denken, dass er nun verunsichert ist und seine abscheulichen Tätigkeiten in seinem Ferienhaus künftig einstellen wird. Da ja keine Wanzen vorhanden sind und demzufolge auch nicht gefunden werden können, wird er nie sicher sein, ob nicht doch irgendwo solche versteckt sind. Das ist sehr gut so."

„Apropos Bericht", fügte ich bei, „kannst du einmal abklären, welcher Staatsanwalt ihn zur Weiterbearbeitung bekommen hat? Du kennst ja die Empfangsdame bei der Staatsanwaltschaft sehr gut, wenn ich das mal

so salopp sagen darf. Es dürfte für dich ein Leichtes sein, an diese Information zu kommen. Ich muss unbedingt wissen, wer damit beauftragt wurde. Erst wenn ich das weiss, kann ich in die eine oder andere Richtung weiter agieren."
Nachdem wir noch kurz über die verbleibenden Möglichkeiten diskutiert hatten, verabschiedeten wir uns bis morgen Abend am selben Ort. Ich wollte nicht telefonisch mit Alain in Kontakt treten, denn inzwischen war ich mir nicht mehr sicher, ob nicht mein Telefon eventuell abgehört wurde. Angesichts des bisher Geschehenen würde ich mich darüber nicht mehr wundern. Ich war aber zwingend auf den Informationsaustausch angewiesen, wenn ich nicht klein bei geben wollte. Ich wusste auch, dass ich mich auf Alain verlassen konnte. Er wird alles daran setzen, um möglichst viele Informationen zu bekommen.

*

Nach diesem turbulenten Tag, der mein Leben auf einen Schlag verändert hatte, schlief ich erstaunlich gut. Irgendwie genoss ich es, ins Bett zu gehen ohne vorher den Wecker stellen zu müssen. Zwar bin ich von ganzem Herzen Polizist und ich liebe meine Arbeit, doch schienen mir einige „freie Tage" auch nicht zu schaden. Ich war überzeugt, dass die Wahrheit und die Gerechtigkeit eines Tages siegen würden und dass ich meine Arbeitsstelle früher oder später wieder werde aufnehmen können. Erleichternd kam dazu, dass ich irgendwie stolz auf mich selbst war. Ich beglückwünschte mich innerlich, dass ich nicht aufgegeben hatte, obwohl die Konsequenzen daraus alles andere als leicht zu ertragen waren.

Nach einer ausgiebigen Dusche holte ich die Zeitung aus dem Briefkasten und genoss doch tatsächlich mein ausgedehntes Frühstück. Ich verschwendete keinen Gedanken daran, dass ich möglicherweise nie mehr bei der Polizei tätig sein könnte. Irgendwie existierte diese Vision gar nicht in meinem Kopf.

Es war noch nicht ganz 10 Uhr, als es an meiner Haustüre läutete. Der Postbote überbrachte mir einen eingeschriebenen Brief. Er enthielt eine Vorladung der Staatsanwaltschaft für heute Nachmittag um 13:30 Uhr. Das kam zwar sehr kurzfristig aber ich war mir sicher, die Staatsanwaltschaft war darüber informiert, dass ich frei gestellt worden war und somit genügend Zeit habe, dieser Vorladung Folge zu leisten. Ich begann darüber zu rätseln, was die wohl von mir wollten. Dass es mit dem laufenden Verfahren zu tun hatte, stand ausser Diskussion. Was wollten sie noch von mir wissen? Ich hatte doch alles geschrieben in meinem Bericht. Luden sie mich etwa wegen den „illegalen Wanzen" in Brisellis Ferienhaus vor? Das wäre mir peinlich. Ich müsste von meinem Aussageverweigerungsrecht Gebrauch machen, denn ich wollte mich noch nicht verraten. Es nützte nichts, mir darüber den Kopf zu zerbrechen. Ich liess die Sache an mich heran kommen, ganz nach dem Motto: "Kommt Zeit, kommt Rat". Angst vor dieser Begegnung oder ähnliche Gefühle kamen in mir keine auf. Ich fühlte mich noch immer zu 100% im Recht und der Weg den ich ging schien mir der richtige. Wenn jemand im Dreck sass, dann wohl dieser Briselli und seine Kumpanen. Ich konnte der Konfrontation mit der Staatsanwaltschaft deshalb offen in die Augen schauen.

Pünktlich um 13:30 Uhr klopfte ich an die Bürotür mit der Nummer 520. Es war das Büro von Staatsanwalt Briselli. Man bat mich, einzutreten. Das Büro war ziemlich geräumig

und wurde von einem Schreibtisch beherrscht. Die Rückwand war mit einem Regal versehen in welchem sich diverse Ordner und Bücher befanden. Rechts davon stand ein ovaler Tisch mit sechs gepolsterten Stühlen.
Am oberen Ende des Tisches sass Briselli zwischen zwei anderen Staatsanwälten, die ich nicht näher kannte.
„Herr Buck, nehmen sie Platz. Sie kennen den Grund der Vorladung, nehme ich an?" Begann Briselli.
„Nein, den genauen Grund kenne ich nicht, auch wenn ich vermute, dass es mit meinen Ermittlungen im Fall Werner Hutter zu tun hat", gab ich ihm zur Antwort.
„Genauso ist es". Erwiderte er mir. „Grundsätzlich stehen wir ja alle auf derselben Seite des Gesetzes und wir kämpfen alle gegen das Verbrechen. Ich kann nur betonen, wir meinen es gut mit ihnen. Ich habe bisher ihre Arbeit immer sehr geschätzt, das wissen sie. Diesmal aber muss ich sie vor ihrem eigenen Eifer schützen. Sie verrennen sich da in etwas, das sie sich irgendwie als Hirngespinst aufgebaut haben. Nichts an ihren Vermutungen ist wahr. Ich wollte nicht mit ihnen alleine reden, denn dann hätte man vermuten können ich wolle ihnen ein

„Geschäft" vorschlagen. Ich habe deshalb meine beiden Kollegen angefragt die bestätigen können, dass hier keine „Päckli" geschnürt werden. Ich sage es ihnen noch einmal ganz deutlich: Sie sind auf dem Holzweg. Stellen sie Ihre Ermittlungen ein und lassen sie die Leute in Ruhe. Es sind alles ehrenwerte Geschäftsleute die sich nichts vorzuwerfen haben. Ein weiteres Ermitteln gegen diese Leute könnte ihnen und ihrer Karriere sehr schwer schaden. Einen ersten Schuss vor den Bug haben sie ja bekanntlich bereits einstecken müssen. Wenn sie mir also hier und jetzt versprechen, nicht mehr an diesem Hirngespinst herum zu basteln, dann werde ich mich für sie einsetzen, damit sie wieder an ihren angestammten Arbeitsplatz an der Zeughausstrasse zurückkehren können. Der Ball liegt nun bei ihnen. Falls ihnen daran liegt jemals wieder für die Polizei zu arbeiten, dann appelliere ich an ihre Vernunft. Trennen sie sich von dieser Schnapsidee die sie auf den falschen Weg geführt hat und stellen sie sämtliche Tätigkeiten gegen diese Leute ein. Haben wir uns verstanden? Auffordernd sah er mich an. Vermutlich sollten mich seine Worte einschüchtern.

„Ich habe sie sehr wohl verstanden Herr Staatsanwalt. Ob ich mich allerdings auf dem falschen Weg befinde, wird die Zukunft zeigen. Wem meine allfälligen weiteren Ermittlungen mehr schaden werden, ihnen oder mir, bleibe dahingestellt. Warum setzen sie sich so für diese Leute ein? So was haben sie doch in vorangegangenen Fällen auch noch nie getan. Was ist, wenn ich mich nicht an Ihre Empfehlungen halte"? Wollte ich wissen.
„Dann sehe ich mich gezwungen, sie wegen Amtsmissbrauchs und Verleumdung einzusperren." Ich sah förmlich wie er nun triumphierend meine Reaktion abwartete.
„Dann tun sie das. Ich wäre ihnen in meiner jetzigen Situation beinahe dankbar dafür, denn als Angeschuldigter, der ich ja dann wäre, bin ich nicht mehr an die polizeiliche Schweigepflicht gebunden und könnte endlich alles sagen was ich über diese Geschichte weiss. Ich bin überzeugt, meine Aussagen wären für die Medien ein gefundenes Fressen."
Mit dieser Antwort hatte Herr Staatsanwalt wohl nicht gerechnet. Es war fast peinlich, wie er nach Worten suchte und nicht mehr weiter wusste. Ich hatte ein kleines Gefühl der Genugtuung und genoss den Anblick wie seine beiden Verbündeten ihn anstarrten und auf

eine Reaktion warteten. Einen Moment lang herrschte absolute Stille im Raum. Briselli unterbrach die drückende Stimmung dann endlich und fügte nichtssagend noch bei: „Ich habe sie gewarnt, Herr Buck."
Dann durfte ich wieder gehen. Innerlich verspürte ich einen Triumph, vielleicht war dies schon der Anfang eines guten Endes? Wer weiss.

*

Nun blieben mir noch gut drei Stunden bis zu meinem Treffen mit Alain in der „alten Post". Genügend Zeit, um noch bei Karin vorbei zu schauen und sie über die neueste Entwicklung in Kenntnis zu setzen.
„Bravo" sagte sie, als ich ihr den Ablauf der heutigen Sitzung beim Staatsanwalt Briselli schilderte. Trotzdem fühlte ich, dass sie sich grosse Sorgen um meine Zukunft machte.
„Das scheint mir wirklich bereits ein Teilerfolg zu sein. Wenn dem nicht so wäre, dann hätte er seine Drohung bestimmt wahr gemacht und dich eingesperrt, oder glaubst du nicht"
„So schnell kann er mich auch nicht einsperren, sonst müsste er mich spätestens in 48 Stunden wieder laufen lassen. Damit

würde er sich mehr schaden als nützen. Es sei denn, er finde einen Haftrichter der bereit wäre, mich in Untersuchungshaft zu sperren und das glaube ich einfach nicht. Er hätte ja eine unglaubliche Geschichte erfinden müssen, damit der Haftrichter sie ihm abnimmt. So einfach ist das auch wieder nicht".

„Ja, aber andererseits bist du schon ein wenig weit gegangen, indem du illegal in sein Ferienhaus eingedrungen bist. Findest du nicht"? fragte sie mich und schaute mich dabei mit ihren treuen blauen Augen an, denen ich einfach nicht widerstehen kann. Selbst wenn wir mal kleine Auseinandersetzungen haben, dann braucht sie mir nur tief in die Augen zu sehen und ich schmelze wie ein Schokolade-Osterhase an der Sonne. Sie weiss das ganz genau und nutzt es auch zu ihren Gunsten aus, was ich ihr aber keineswegs vorwerfe, denn ich liebe es, wenn sie mir so von unten herauf tief in die Augen schaut. Wir tranken noch zusammen einen Kaffee und dann verabschiedete ich mich von ihr, mit dem Ziel „alte Post" wo ich mit Alain verabredet war.

*

An diesem Abend waren die Plätze in der „alten Post" kaum zur Hälfte besetzt. Am Stammtisch sass ein, den Arbeitskleidern nach zu schliessen, Gipser oder Maler, der offensichtlich schon ein oder zwei Biere über den Durst getrunken hatte und nun lautstark versuchte, den andern Stammgästen seine politische Meinung aufzuschwatzen. Er ereiferte sich und konnte nicht verstehen, dass die Regierung in Bern nicht endlich etwas gegen die wachsende Kriminalität in unserem Land unternimmt. Seiner Meinung nach sollte man endlich die Todesstrafe wieder einführen für schwere Delikte. Nur so könne man die Verbrechen bekämpfen und nicht indem man die Schwerkriminellen zwei Jahre in ein Ferienlager stecke wie er es nannte. Die andern Stammgäste widersprachen ihm und versuchten ihn zu übertönen. So entstand eine ziemlich laute und heisse Diskussion.
Alain setzte sich an denselben Tisch wie am Vorabend. Er war wenige Minuten vor mir dort und bestellte schon mal einen Kaffee für sich. Kurz darauf traf auch ich im Restaurant am Stadtrand ein und setzte mich ihm gegenüber. Uns kam der Disput am Stammtisch gerade recht, denn so konnten wir problemlos miteinander sprechen, ohne dass jemand

unser Gespräch belauschen konnte. Alain eröffnete mir sogleich die Neuigkeit, dass mein Bericht „inexistent" sei. Niemand wisse etwas davon und schon gar nicht die Staatsanwaltschaft. Der Bericht sei nie dort angekommen. Somit sei auch kein Staatsanwalt mit dessen Bearbeitung beauftragt worden.

„So etwas hatte ich beinahe erwartet" gab ich ihm zur Antwort. „Eigenartig ist nur, dass ohne diesen Bericht, Briselli trotzdem sein Ferienhaus nach Wanzen absuchen lässt. Findest du nicht? Glücklicherweise bin ich noch im Besitze einer Kopie. Ich werde alles daran setzen, dass diese Sache nicht einfach unter den Tisch gewischt werden kann. Das verspreche ich dir".

Es war noch hell, als wir uns vor der alten Post verabschiedeten. Alain, der in der City wohnt, war mit dem Tram gekommen und er begab sich zügigen Schrittes zur Tramendstation Seebach, wo bereits das 14er Tram wartete.

Kurz zuvor war es mir noch gelungen, von der Telefonzelle im Restaurant, einen befreundeten Anwalt in seiner Kanzlei zu erreichen und mich mit ihm für den kommenden Vormittag zu verabreden.

*

Ich war eine halbe Stunde zu früh als ich in Zollikon in das Wohnviertel meines Freundes einbog und beschloss deshalb, mir am Café an der Ecke noch einen feinen Espresso mit einem Croissant zu genehmigen.
Pünktlich um neun Uhr, stand ich vor der Haustür des eleganten und grosszügig gebauten Mehrfamilienhauses. Ich drückte den Klingelknopf über dem Namen „J. + E. Ritter". Das bekannte Summen des elektrischen Türöffners ertönte und ich betrat das in grau/grünem Marmor gehaltene Treppenhaus. Mit dem Lift fuhr ich in den obersten Stock wo die Türe zur luxuriösen Penthouse Wohnung bereits offen stand. Esther Ritter liess mich eintreten und bat mich auf die riesige Dachterrasse wo mich mein Freund Jan erwartete. Jedes Mal wenn ich die beiden hier besuche, bin ich erneut überwältigt von der traumhaften Aussicht über den See und die Berge. Ich befand mich nun auf der, der Villa Hutter gegenüberliegenden Seeseite. Die Aussicht jedoch, war von dieser Seite noch fast beeindruckender.
„Setz Dich" bat mich mein Freund, indem er mir mit Handzeichen einen Stuhl anbot an

einem kleinen Tisch, auf welchem seine Frau Esther zwei Frühstücke bereit- gestellt hatte. Esther war eine sehr elegante Frau in den Vierzigern. Sie trug langes dunkelblondes Haar und man merkte sofort, dass es sich bei ihr um eine selbstbewusste, sicher auftretende Persönlichkeit handelte. Sie fragte uns, ob wir noch irgendwelche Wünsche hätten, und als wir verneinten, zog sie sich in die Wohnung zurück und liess uns alleine.
„Vielen Dank aber ich hab mich schon verpflegt". Gab ich meinem Freund zu verstehen.
„Deine morgendliche Verpflegung kenne ich. Einen schwarzen Kaffee und wenn's viel ist noch ein Joghurt. Damit lebst du dann bis am Nachmittag. Ich habe dir schon oft gesagt, das Frühstück ist die wichtigste Mahlzeit des Tages. Das solltest du dir zu Herzen nehmen. Setz dich und iss etwas. Du siehst ja schon ganz eingefallen aus. Wenn du so weiter machst, kann man dich bald begraben."
Das war natürlich nicht so ernst gemeint aber Jan war ein Mensch der das Leben in vollen Zügen genoss und auch den kulinarischen Köstlichkeiten nie abgeneigt war. Diese Genüsse hatten aber auch Spuren an seinem sonst sehr sportlich gebauten Körper

hinterlassen. Er hatte dauernd gegen sein Übergewicht zu kämpfen.

„Leider sind wir nicht hier um einfach nur ein wenig zu plaudern" begann ich die ernsthafte Diskussion. „Es geht um eine sehr trübe Sache. Ich wollte dir gestern am Telefon noch nichts darüber erzählen und bat dich deshalb um dieses Treffen. Ich weiss momentan nicht mehr weiter und ich bin überzeugt, dass du als Anwalt vielleicht eine Lösung finden kannst. Im Zuge von Ermittlungen rund um einen Mordfall sind wir auf Dinge gestossen, die einfach nur abscheulich sind. Es geht um sexuellen Kindsmissbrauch. Darin involviert sind mehrere Personen aus unserer High Society. Diese Leute haben, wie ich feststellen musste, grossen Einfluss auf unser Rechtssystem und ich bin deshalb bereits vom Dienst suspendiert worden."

„Du machst einen Scherz oder?" fragt er mich erstaunt, obwohl er meiner Miene nach schliessen konnte, dass mir absolut nicht ums Scherzen zumute war. Ich erzählte ihm der Reihe nach, alles was ich bis jetzt in diesem Fall gemacht und herausgefunden hatte.

„Das ist tatsächlich kaum zu fassen" sagte er, nachdem ich meine Erklärungen beendet hatte. „Ich weiss momentan nicht, wie ich dir da helfen könnte. Dass wir etwas tun müssen, steht ausser Zweifel. Ich werde, da kannst du sicher sein, alles tun was in meiner Macht steht. So eine Schweinerei dürfen wir auf keinen Fall tolerieren. Allerdings muss ich sagen, hast du dich ganz schön weit aus dem Fenster gelehnt, als du illegal in Brisellis Haus eingedrungen bist. Aber wie auch immer. Ich mache mir Gedanken darüber und werde dich anrufen wenn ich eine mögliche Lösung gefunden habe."

„Nein, nicht anrufen bitte" sagte ich. „Ich bin mir nicht sicher, ob mein Telefon angezapft ist. Ich gehe zwar nicht davon aus, aber sicher ist sicher. Treffen wir uns doch demnächst irgendwo, wo wir das Ganze in Ruhe diskutieren können"

„OK sagte mein Freund. Passt es dir, heute Abend gegen 19:00 Uhr hier bei mir? Ich mache uns eine Kleinigkeit zu Essen. Bring doch deinen Kollegen Alain auch mit."

„Das ist für mich in Ordnung. Momentan fällt mir zuhause sowieso die Decke auf den Kopf und Zeit habe ich mehr als genug".

Ich verabschiedete mich und beschloss spontan den herrlichen Sommermorgen, für eine kleine Motorradtour rund um den See zu nutzen. Ich konnte im Moment sowieso nichts tun und zu Hause sitzen und Trübsal blasen ist nicht mein Ding. In Rapperswil angekommen, hielt ich beim Bahnhof an um aus einer Telefonzelle Alain zu informieren, dass die heutige Besprechung nicht wie geplant in der alten Post, sondern in Zollikon stattfinden würde. „Ich werde dich um 18:00 Uhr im Rest. Stauffachertor treffen und abholen", sagte ich meinem Kollegen und legte auf.

*

Der Feierabendverkehr hatte eingesetzt und das tägliche Verkehrschaos hatte die Stadt voll im Griff. Eigentlich ist es weit untertrieben, von einem Verkehrschaos zu reden. Das Wort Verkehrskollaps umschreibt die tägliche Rush-Hour wohl exakter. Es brauchte enorm viel Geduld bis Alain und ich, in meinem Honda Civic, endlich das Bellevue erreichten. Von hier aus lief der Verkehr wieder einigermassen und wir kamen dann doch noch via Utoquai / Bellerivestrasse nach Zollikon. Es war kurz vor 19:00 Uhr, als wir bei der gediegenen Überbauung mit den eleganten Terrassenhäusern eintrafen. Am Strassenrand war zufällig noch ein Parkplatz frei, sodass ich problemlos mein Auto abstellen konnte.

Nach dem Betätigen des Klingelknopfes dauerte es nur wenige Sekunden, bis die Haustür sich öffnen liess. Als wir im obersten Stockwerk aus dem Lift traten, stand mein Freund bereits unter der Wohnungstür und begrüsste uns. Er hatte eine Grillschürze um seine Hüfte gebunden auf der eine grosse Gabel mit einem riesigen Steak aufgedruckt war.

Nach der kurzen Begrüssung an der ich meinen Kollegen Alain mit meinem Freund bekannt machte, führte uns der Gastgeber auf die Dachterrasse. Neben dem gedeckten Tisch stand ein grosser Grill und ein schönes Salatbuffet war aufgebaut.

Alain der zum ersten Mal an diesem Ort war, schien total begeistert von der tollen Wohnung und der unübertrefflichen Aussicht. Fast mit offenem Munde schaute er sich überall um. Ein kurzer Moment herrschte totale Ruhe.

„Wollen wir zuerst den gemütlichen Teil hinter uns bringen, bevor wir uns mit den unschönen Seiten des Lebens befassen?" Durchbrach Jan die kurze Stille. „Ich hoffe, ein feines US-Ribeye vom Grill und ein wenig Salat trifft euren Geschmack?" fügte er zu. Es war eigentlich unnötig zu fragen. Jan wusste von meinen Vorlieben für amerikanisches Grillfleisch und er konnte davon ausgehen, dass auch Alain einem guten Stück Fleisch nicht abgeneigt war. In diesem Moment betrat auch seine Frau Esther die Dachterrasse. Sie trug ein Servierplateau mit einem feinen italienischen Prosecco und einen Teller mit anmutenden Amuse-Bouches. „So, da bringe ich noch einen kleinen Aperitif, damit der Abend nicht so trocken wird." Sagte sie scherzhaft. „Leider muss ich euch nach dem Essen verlassen. Ich bin mir aber sicher, dass ihr euch nicht langweilen werdet und den Abend auch ohne mich geniessen könnt." Fügte sie noch bei.

Mir war nicht klar, wieviel sie von der Geschichte wusste und was Jan ihr alles erzählt hatte. Vielleicht hatte er ihr noch gar nichts von allem erzählt und sie war der Meinung, dass es sich um einen gewöhnlichen, freundschaftlichen Besuch handelte. Deshalb lenkte ich vorläufig noch vom Grund unseres Besuches ab indem ich sagte: „Ist es nicht herrlich auf dieser Welt? Wir leben in einem einzigartig schönen Land, alles klappt, alles ist geordnet, wir haben ein einmaliges Eisenbahnnetz mit pünktlichen Zügen, eine

Demokratie die ihresgleichen in der ganzen Welt sucht und wenn ich von dieser Terrasse schaue, dann bekomme ich nie genug von dieser herrlichen Aussicht auf eine traumhafte Landschaft". Für mich dachte ich den Satz aber noch zu Ende: „Wenn nur die vielen Kriminellen mit ihren Anhängern und Netzwerken nicht wären!"

Wir waren von der tollen Aussicht und der Ruhe, trotz Stadtnähe so angetan, dass kaum jemand etwas redete. Wir tranken unseren prickelnden Wein und liessen unsere Blicke über den See und die teilweise verschneiten Bergspitzen gleiten.

Als wir alle nur noch einen kleinen Schluck Prosecco im Glas hatten, stand Jan auf. „So, ich werde mich jetzt mal um unser Fleisch kümmern" meinte er und verschwand in der Wohnung um kurz darauf mit einer Platte wieder auf der Terrasse zu erscheinen. Auf der glänzenden Chromstahlplatte lagen aufgetürmt vier Fleischstücke, von denen jedes ca. 400 Gramm wog. „Wouw..." konnte ich mir einen anerkennenden Laut nicht unterdrücken. „Dieser Anblick lässt mein Herz höher schlagen! Das Fleisch hatte er offensichtlich schon in der Küche gewürzt und legte es jetzt systematisch auf den sehr heissen Grill. Nach kurzer Zeit drehte er die schönen Stücke im Uhrzeigersinn und liess sie noch einmal auf derselben Seite weiter braten, sodass die Grillstäbe ein schönes Gittermuster auf das Fleisch zauberten. Dann drehte er die Stücke um und liess sie auf der andern Seite auf dieselbe Weise schmoren. Als das Fleisch nach zwei, drei Minuten schön angebraten war, legte er es auf das höher gelegene Gitter, deckte es mit Folie zu und schloss die Grillhaube. Dann drehte er den Gashahn zu und liess die feinen Stücke bei niedriger Hitze noch einmal ca. 10 Minuten ziehen. Wir setzten uns an den Tisch und Jan schenkte uns einen feinen argentinischen Malbec ein der sich trinken liess wie Milch. Leider war ich mit dem Auto gekommen, sodass ich mich zurück halten musste.

„Bitte bedient euch am Salatbuffet", riet uns Jan, „denn das Fleisch ist beinahe fertig und ihr wollt es ja sicher nicht ganz durchgebraten oder bereits wieder kalt. Sobald ihr den Salat geschöpft habt, werde ich das Fleisch schneiden."

Das liessen wir uns nicht zweimal sagen und in Einerkolonne fielen wir über das schön präsentierte Salatbuffet her.

Dann kam der Moment wo Jan das Fleisch in regelmässige, ca. 1 cm dicke Scheiben schnitt. Ein Anblick, der einem schon im Vorfeld das Wasser im Munde zusammen laufen liess. von innen bis aussen gleichmässig rosa gebraten mit einer ganz dünnen braunen, knusprigen Kruste darum herum. Ich muss aufhören mit dem Schwärmen, sonst bekomme ich heute noch Hunger!
Nachdem wir mit dem Essen fertig waren und nur noch der Espresso auf dem Tisch stand, verabschiedete sich seine Frau Esther, da das wöchentliche Training mit ihrer Freundin im Damenturnverein anstand.
Nun war es Zeit, sich dem eigentlichen Grund unseres Besuches zu widmen und die unschönen Seiten unserer Zivilisation in den Vordergrund zu rücken.
Ich begann noch einmal in kurzen Sätzen zusammenzufassen was bis anhin passiert war. Dabei unterliess ich es auch nicht, meine illegale Anwesenheit im Chalet von Briselli zu erwähnen. „...somit weiss ich zwar ziemlich viel, doch ist kaum die Hälfte auswertbar und mir sind zudem die Hände durch meine Freistellung gebunden. Ich bin beinahe zum Zuschauen verdammt" schloss ich meine Zusammenfassung.

„Ich habe mir einige Gedanken zur ganzen Sache gemacht" ergriff Jan nun das Wort. „Ich glaube, dass wir nicht viel weiter kommen, wenn die Anzeige seitens Polizei gemacht wird. Ich erhoffe mir eine grössere Chance, wenn ich als aussenstehender Anwalt eine Klage einreiche und zwar als Opfervertreter der geschädigten Kinder. Dazu brauche ich natürlich ein Mandat welches die Eltern mir zugestehen müssten. Du hast die Eltern dieser Familie Gonzales kennen gelernt. Glaubst du, dass sie dazu bereit wären?"

„Bis dahin dürfte es ein weiter Weg sein" fügte ich an. „Der Vater der Kinder lässt kaum mit sich reden. Er hat sich ja sogar über meine Einmischung in seine Erziehung beklagt beim Kommando."

Vielleicht könnte man den Leuten, die ja wirklich nicht auf Rosen gebettet sind in Aussicht stellen, dass sie auf eine Genugtuungssumme hoffen könnten", liess sich Alain nun auch vernehmen.

„Da hast du Recht, das könnte tatsächlich einige Türen öffnen. Ich bin der Meinung dass wir darauf aufbauen sollten, denn es ist nicht mehr als angemessen, wenn die Leute für den erlittenen seelischen Schmerz wenigstens ein bisschen finanziell entschädigt werden." Um ein wenig Heiterkeit in die dunkle Geschichte zu bringen fügte ich spasseshalber noch zu: „Die Angeschuldigten können ja das erpresste Geld welches sie bisher Werner Hutter zukommen liessen, in Zukunft der Familie Gonzales überweisen."

Ich erklärte mich bereit, zusammen mit Jan an den Wohnort der Familie Gonzales zu fahren um dort zu vermitteln. Jan zog es jedoch vor, aufgrund meines ersten Besuches und dem damaligen Rauswurf, erstmals alleine dort vorbei zu gehen. Wir einigten uns darauf, dass ich wenigstens Frau Gonzales informieren würde, welche ihrerseits mit Ihrem Mann darüber sprechen und ihn auf den bevorstehenden Besuch des Rechtsanwaltes vorbereiten sollte.

*

Nach dem feinen Essen und vor allem, nach dem Gespräch mit Jan, ging es mir schon viel besser. Ich war überzeugt, dass Jan das Vertrauen der Familie Gonzales aufzubauen in der Lage war. Wenn das gelingen sollte, dann konnte eine Anzeige erhoben werden, welche nicht einfach unter dem Tisch oder im Papierkorb irgendeines Staatsanwaltes verschwinden konnte. Ich sah einen Lichtschimmer am Horizont und ich fühlte mich so gut wie schon einige Tage nicht mehr. Die Zukunft der scheinheiligen Gesellschaft rund um Staatsanwalt Briselli begann zu bröckeln. Nun lag es einzig in der Hand der Familie Gonzales, einen Skandal in der Grösse eines mittleren Erdbebens auszulösen und die Verantwortlichen endlich zur Rechenschaft zu ziehen. Ich war richtig gespannt, wie sich die Sache noch entwickeln würde. Langsam aber sicher machte mir meine auferlegte „Auszeit" sogar Spass. Ich konnte mich, wenn auch nur im Hintergrund, voll auf diesen Fall konzentrieren, ohne von anderen Aufgaben gestört oder unterbrochen zu werden.

*

Wieder einmal hatte ich das Gefühl, richtig tief geschlafen zu haben, als ich von den ersten Sonnenstrahlen geweckt wurde am nächsten Morgen. Gut gelaunt begab ich mich ins Badezimmer wo mich eine herrlich, erfrischende Dusche erwartete. Danach fuhr ich mit dem Lift ins Erdgeschoss und holte den Tages-Anzeiger aus dem Briefkasten. Genüsslich trank ich meinen Nespresso und löffelte mein tägliches Joghurt. Nebenbei las ich die neusten Nachrichten in der Zeitung und stimmte mich dabei auf den kommenden Tag ein.

Es war gegen 09:30 Uhr, als ich mich auf mein Motorrad schwang und via Regensdorf über den „Weininger" in Richtung Spreitenbach fuhr. Wenn ich genügend Zeit hatte, dann nahm ich jeweils nicht die Autobahn, denn Motorradfahren auf der Autobahn ist langweilig und nicht lustig.

Im Einkaufscenter Tivoli, mischte ich mich unter die vielen Leute in der Lebensmittelabteilung der Migros. Ich hoffte auf ein wenig Glück um Frau Gonzales an der Kasse, wo sie als Kassiererin arbeitete, zu treffen. Für einmal riss die Pechsträhne der vergangenen Tage und ich entdeckte die nicht gerade zierliche Frau, an der Kasse Nr. 5. Um nicht aufzufallen hatte ich mir einige Äpfel gekauft, welche ich auf das Förderband an der Kasse legte. Die Frau erkannte mich erst beim zweiten Blick. Ich sprach sie an und fragte sie, wann sie denn eine Pause hätte, ich müsse sie unbedingt sprechen. Noch einmal hatte ich Glück, denn sie stand kurz vor ihrer viertelstündigen Kaffeepause. In ca. 10

Minuten würde sie sich im geschäftsinternen Restaurant einfinden, liess sie mich wissen.
Wie vereinbart traf sie kurz nach mir dort ein und sie setzte sich zu mir. Ich erklärte ihr in wenigen Worten, was wir am Vorabend mit dem Rechtsanwalt ausgemacht hatten. Sie versprach mir, mit ihrem Mann darüber zu reden und wollte mich danach anrufen. Da ich noch immer nicht sicher war ob mein Telefon angezapft war, schlug ich ihr mit einer fadenscheinigen Begründung vor, dass ich in zwei Tagen wieder hier vorbei kommen würde. Wir verabschiedeten uns und ich begab mich zur Post, von wo ich aus der Telefonzelle meinen Freund Jan anrief und ihm erklärte, was ich soeben mit Frau Gonzales besprochen hatte. Meine Laune wurde von Stunde zu Stunde besser und ich schöpfte langsam wieder Hoffnung, dass sich schlussendlich doch noch alles zum Rechten wenden könnte.

*

Ich rief Karin an und fragte sie, ob sie heute Abend schon etwas geplant habe. Meine Hoffnung, dass sie frei sein würde, erfüllte sich und ich lud sie zu mir nach Hause ein. „Ich werde für uns etwas Feines kochen. Nach was gelüstet dich"? fragte ich sie. „...Mmmh... am meisten eigentlich nach dir" fügte sie scherzend bei. „Nein, Spass beiseite, mir ist egal was. Mir schmeckt alles was du zubereitest." Sagte sie und versprach, gegen 17:30 Uhr bei mir einzutreffen.

Nachdem ich die zuvor gekauften Äpfel im Motorrad deponiert hatte, begab ich mich noch einmal zurück in die Migros und schaute mir die Fleischauslage an. Ich wollte mich davon inspirieren lassen um ein feines Menu zu kochen. Ich entschied mich, angesichts der vielen Zeit die mir blieb, ein paar der schönen Kalbshaxen zu kaufen welche mir in der Auslage ins Auge stachen. Ossobuco mit Polenta wollte ich machen. Das hatte ich schon lange nicht mehr und Karin liebt die italienische Küche. So kaufte ich noch einen Sellerie und eine Dose geschälte Tomaten. Die restlichen Zutaten hatte ich zuhause. Für einmal entschied ich mich, keine Vorspeise, sondern eine feine Suppe zu kochen. Dazu brauchte ich noch ein wenig Kalbsfond den ich mir in einem Spezialitäten-Geschäft besorgte. Nun fuhr ich auf direktem Weg nach Hause und begann gleich mit dem Kochen. Die Kalbshaxen müssen sehr langsam schmoren, damit sie fein, zart und lecker werden. Die

Polenta konnte ich noch kurz vor Karins Ankunft vorbereiten. Eine feine Riesling Schaumsuppe sollte den Anfang machen. Dafür schnitt ich noch einige weisse Traubenbeeren in ganz feine Scheibchen, mit denen ich den Schlagrahm auf der Suppe garnierte. Zur Hauptspeise öffnete ich eine Flasche italienischen Costa Lago. Einen Wein, den ich vor nicht allzu langer Zeit entdeckt hatte und der es locker mit einem Amarone aufnehmen konnte, obwohl er höchstens einen Drittel eines Solchen kostet.

Zehn Minuten nach fünf erschien Karin und ich bat sie auf den Balkon, wo ich einige Bruschettas vorbereitet hatte als Häppchen zum kühlen Prosecco.

Als die Sonne am Horizont verschwand und sich die Schneeberge in weiter Ferne langsam rot einfärbten, verliessen wir den Balkon und begaben uns ins Wohnzimmer, wo ich Karin bat, am gedeckten Tisch Platz zu nehmen. Wir verbrachten einen schönen Abend zusammen. Das Essen hat geschmeckt und Karin blieb, angesichts der paar Gläser Wein die sie getrunken hatte, über Nacht bei mir. Für solche Fälle hatte sie immer eine zweite Garnitur Toilettenartikel bei mir deponiert, sodass sie problemlos am andern Morgen von hier aus zur Arbeit fahren konnte.

*

Es waren ausschliesslich Hausfrauen, die das Restaurant im Einkaufszentrum bevölkerten, als ich zwei Tage später dort eintraf. Ich brauchte nicht lange zu warten, bis Frau Gonzales sich zu mir setzte.
„Es hat einiges an Überzeugungskraft gebraucht, bis ich meinen Mann soweit hatte, dass er einem Anwaltsbesuch zustimmte." Berichtete mir Frau Gonzales in gebrochenem Deutsch. „Nun ist er aber soweit dass er diesen Anwalt empfangen wird." Ich dankte ihr für die Bemühungen und versprach ihr, dass noch heute ein Anwalt namens Ritter bei Ihrer Familie vorsprechen werde. In den wenigen Minuten die ihr von der Kaffeepause noch blieben, wollte sie noch so viel wissen. Ich beantwortete ihre Fragen soweit ich es konnte und durfte. Es interessierte sie natürlich wie alles nun weiter gehen würde und was wir über den Fall genau wissen etc. Ich beruhigte sie und verwies sie auf den Anwalt welcher sie heute Abend aufsuchen würde. Dann musste

sie an ihren Arbeitsplatz zurück und ich machte mich auf den Heimweg.

*

Die Kinder waren offensichtlich bei jemandem untergebracht, denn es befanden sich nur Herr und Frau Gonzales in der Wohnung als Jan Ritter an der Türe läutete. Frau Gonzales liess ihn eintreten und im Wohnungsflur stand Herr Gonzales. Zu dritt begaben sie sich ins Wohnzimmer wo Jan den beiden zuerst erklärte um was es überhaupt ging. Der anfänglich misstrauische Blick des Herrn Gonzales verliess langsam sein Gesicht. Die harten Züge wichen mit jedem Satz den Jan zu ihnen sprach und ein immer zufriedener Ausdruck nahm von seinem Wesen Besitz. Das Vertrauen in die Behörden schien sich nach und nach zu stärken.

„Ihre Kinder sind in eine üble Sache geraten. Die Kinder können nichts dafür und sind völlig unschuldig" beruhigte Jan erst einmal den fürsorglichen Vater. „Ich bitte sie, den Kindern keinerlei Vorwürfe zu machen, denn sie werden noch Befragungen über sich ergehen lassen müssen, die sie schon genug belasten werden. Alle Schuld liegt bei den Erwachsenen und mein Bestreben ist es, diese Personen zur Rechenschaft zu ziehen und andererseits ihnen und ihrer Familie zu helfen." Jan verstand es, die Stimmung des nicht gerade pflegeleichten Vaters zu beschwichtigen, indem er ihn immer wieder auf eine mögliche finanzielle Abfindung aufmerksam machte. Er erklärte den juristisch unbeholfenen Eltern was er über den Vorfall wusste und wie er sich das weitere Vorgehen vorstellte.

„Wir haben kein Geld um einen Anwalt zu bezahlen" fiel ihm Pedro Gonzales ins Wort. „Machen sie sich darüber keine Sorgen" klärte ihn Jan auf. „Ich werde diesen Fall im Namen der Gerechtigkeit und ohne Honorar übernehmen. Wenn jemand bezahlen muss, dann sollen es die Angeschuldigten sein. Von ihnen bekomme ich lediglich sagen wir, zehn Franken, womit sie mir das Mandat und somit die rechtliche Vollmacht übertragen. So bin ich offiziell von ihnen engagiert und darf in ihrem Namen arbeiten.

Bevor er sich von der Familie Gonzales verabschiedete, liess sich Jan noch die Personalien der Kinder und der Eltern geben, damit er gleich morgen mit der schriftlichen Klage beginnen konnte. Weil wir zusammen noch immer nicht telefonieren wollten, wartete ich im nahe gelegenen „Café Spettacolo" auf seine Rückkehr und auf das was er mir von diesem Besuch zu berichten hatte.

Ich war überglücklich, als ich von meinem Freund erfuhr, wie der Besuch bei der Familie Gonzales abgelaufen war. „Spätestens in zwei Tagen werde ich die Anklage direkt bei der Staatsanwaltschaft deponieren." Ich merkte, dass Jan richtig Feuer gefangen hatte und nun alles daran setzen würde, die Sache zu einem guten Ende zu bringen. „Danach werden wir ja sehen ob diese Klage auch einfach als inexistent behandelt werden kann. Ich denke, der Anfang ist gemacht und die Zellenschlösser sind geölt welche sich bald hinter den Hauptverdächtigen schliessen werden." Da wir mit Jans Auto unterwegs waren, fuhr er mich noch nach Hause, wo ich ihn zu einem Drink einlud. Wir redeten noch einige Zeit über diesen aktuellen Fall, bevor er sich verabschiedete und ich mich zufrieden ins Bett legte.

*

Inzwischen waren drei Wochen vergangen und weder Jan als Geschädigten Vertreter, noch die Polizei als Ermittlungsinstrument hatten

etwas von der Sache gehört. Offensichtlich versuchte man bei der Staatsanwaltschaft, die Strafanzeige möglichst lange hinaus zu zögern. Um dies zu verhindern, gelangte Jan nun persönlich an die Oberstaatsanwaltschaft und drohte, sich bei den Medien zu beschweren, sollte sich in den kommenden zwei Tagen nicht jemand seiner Klage annehmen. Diese Ankündigung verfehlte ihre Wirkung nicht, denn schon am folgenden Tag wurde die Familie Gonzales von der Staatsanwaltschaft vorgeladen. Jan setzte sich mit den Eltern Gonzales in Verbindung und erklärte ihnen, dass sie nichts zu befürchten hätten und einfach nur das auszusagen bräuchten, was sie auch mit Sicherheit wissen. Er wies die beiden aber auch darauf hin, dass die Staatsanwaltschaft vermutlich mit allen Mitteln versuchen werde sie umzustimmen und von einer Anklage abzubringen.
Es gelang ihm, das Vertrauen der Familie Gonzales so stark aufzubauen, dass sie fest entschlossen waren, die Klage nicht zurück zu ziehen.
Pünktlich um 15:00 Uhr standen die Eltern Gonzales zusammen mit Jan Ritter vor der Bürotür des Staatsanwaltes, Dr. iur. Paul Wyder. Wie nicht anders zu erwarten war,

schilderte dieser den beiden Eltern, gleich zu Beginn, was für eine schwierige Zeit da auf sie zukommen könnte. Die Kinder hätten diverse Befragungen über sich ergehen zu lassen und auch die Medien würden sie nicht mehr in Ruhe lassen. Die Kinder könnten sich weder in der Schule noch auf der Strasse blicken lassen und es könnte sogar so weit kommen, dass sich die ganze Familie kaum mehr aus dem Hause wagen würde usw. Der Staatsanwalt zog wirklich alle Register um einen Rückzug der Anklage zu bewirken. Jan Ritter merkte wie die beiden langsam unsicher wurden und deshalb setzte er sich nun entschlossen ein.
„Entschuldigen sie, Herr Kollega, es ist nicht die Familie Gonzales die etwas zu befürchten hat, sondern eher die Staatsanwaltschaft, deren Namen beschmutzt werden könnte", gab er dem Staatsanwalt zu verstehen. „Zudem finde ich es unfair, wenn sie versuchen, den beiden Angst einzuflössen indem sie Unwahrheiten in die Welt setzen."
„Was soll das"? empörte sich der Staatsanwalt. „Wollen sie mir vorwerfen, ich lüge, Herr Kollega"?
„Wenn es nicht eine bewusste Lüge war, dass die Kinder verschiedenste Befragungen über sich ergehen lassen müssten, dann bitte ich

sie, die neuste Strafprozessordnung zu studieren" machte Jan dem Staatsanwalt Vorwürfe. „Sie sollten eigentlich wissen, dass man aus Rücksicht auf die Kinder jeweils nur eine Befragung mit ihnen macht, welche dann aber auf Video aufgezeichnet wird um sie immer wieder verwenden zu können. Oder haben sie etwa noch nie von so etwas gehört, Herr Staatsanwalt"?
„Natürlich weiss ich das. Ich bin schliesslich nicht erst seit gestern Staatsanwalt. Das war auch nicht so gemeint" fügte er nun kleinlaut an. „Ich wollte den Eltern nur klar machen, dass eine schwere Zeit auf sie zukommen könnte"
„Sie brauchen sich keine Mühe mehr zu geben, die Eltern Gonzales werden nicht von einer Anzeige absehen" schloss Jan seinen Einwand. Dieser forsche Auftritt des Anwaltes stärkte das Selbstvertrauen der beiden Fremdarbeiter und sie erklärten überein-stimmend, die Klage durchzusetzen, koste es was es wolle.
Nachdem die drei das Büro des Staatsanwaltes verlassen hatten, bedankte sich Jan bei den beiden und lud sie noch zu einem Kaffee ein. Er gab ihnen seine Visitenkarte und bat sie, sich jederzeit, ungesehen der Tages- oder Nachtzeit bei ihm zu melden, falls sich irgend-

etwas ereignen sollte das mit dieser Anzeige in Zusammenhang gebracht werden könnte.

*

Jan Ritter hatte soeben die Nachrichtensendung 10vor10 im Fernseher geschaut und nach dieser Nachrichtensendung das Gerät ausgeschaltet, als er leicht erschrak durch das laute Klingeln des Telefons. Überrascht nahm er das Gerät in die Hand und meldete sich. Herr Gonzales war am andern Ende der Leitung und eröffnete ihm, dass er soeben Besuch gehabt habe vom Staatsanwalt Wyder. Dieser habe ihm noch einmal alles erklärt und nun sei er nicht mehr sicher, ob er nicht doch die Anzeige zurückziehen sollte.
Als Jan diese Aussage hörte, bekam er förmlich Gänsehaut am ganzen Körper. Das durfte doch nicht wahr sein. Die Staatsanwaltschaft versuchte sich auf illegale Weise an seinen Mandanten heran zu machen und diesen zu beeinflussen. Das würde er nicht hinnehmen und dieses Vorgehen musste ein Nachspiel haben. Er brauchte seine gesamte Überzeugungskraft um den Mann

wieder zu beruhigen und ihn von der Richtigkeit seines Handelns zu überzeugen.

Lange nachdem er wieder aufgelegt hatte, liess ihm dieser Anruf noch immer keine Ruhe. Die ganze Nacht über verfolgte ihn der Gedanke an das soeben Gehörte.

„Hast du irgendwelche Probleme", fragte ihn Esther, als er sich zum hundertsten Mal von einer Seite auf die andere wälzte.

„Probleme habe ich nicht wirklich, aber der Anruf von heute Abend will mir nicht mehr aus dem Kopf gehen", beruhigte er sie. „Da geht doch tatsächlich der untersuchungsleitende Staatsanwalt zu meinem Mandanten und versucht, dessen juristische Unerfahrenheit auszunutzen und ihn zu beeinflussen, damit er die Anzeige zurückzieht. Kannst du dir so etwas vorstellen? Das ist wirklich schlimmer als in einem schlechten Film. Irgendwie muss ich dieser Sache ein Ende bereiten."

Noch immer brodelte eine innere Wut in ihm, als er am folgenden Morgen in sein Büro am Talacker, unweit des Paradeplatzes in Zürich fuhr. Kaum hatte er die Bürotür hinter sich geschlossen, griff er zum Telefon und wählte die Nummer des Staatsanwaltes Wyder. Der Staatsanwalt war noch nicht im Büro, sodass er es später noch einmal versuchen musste. Diesmal klappte es und Wyder meldete sich am andern Ende. Als dieser hörte, wer ihn anrief spürte Jan förmlich durch die Telefonleitung, wie es ihm unwohl war dabei. Vermutlich hätte er den Anruf schon gar nicht angenommen, wenn er die Nummer gekannt hätte. Nun aber hatte er ihn am Draht und er machte seinem Unmut richtig Luft. Dabei scheute er sich nicht, auch extrem harte Worte zu gebrauchen. Er drohte dem Staatsanwalt, bei der Justizdirektion die grobe Verletzung des Ehrencodexes bekannt zu machen. „Leisten sie sich nie mehr ein ähnliches Vergehen. Bei der kleinsten Verfehlung ihrerseits werde ich mich nicht nur an die Justizdirektion und die Oberstaatsanwaltschaft, sondern auch an die Medien wenden und dann werde ich alles, sie haben richtig gehört: A-L-L-E-S erzählen, was ich in diesem Falle weiss". Seine Stimme glich einem Crescendo in einem Gesang, weil sie immer lauter wurde. „Möglich, dass mir dies dann später zur Last gelegt wird. Das kann ich verkraften. Sie aber, sind in dem Fall ihre Stelle als Staatsanwalt für immer los. Haben wir uns verstanden?"

Ohne eine Antwort abzuwarten, knallte er den Hörer auf die Station zurück. Nun war ihm bedeutend wohler. Er hatte den ganzen Frust, welcher sich über Nacht bei ihm aufgestaut hatte, weg geschriehen. Vermutlich hatte vor ihm noch nie jemand mit dem Staatsanwalt so deutliche Worte gewechselt. Was heisst gewechselt. Es war ein Monolog. Jan Ritter liess den Staatsanwalt überhaupt nicht zu Wort kommen. Ausser einem „...äh" oder einem „...aber" konnte der Staatsanwalt keinen einzigen Laut von sich geben.

Dann klopfte es an seine Bürotür. Auf sein noch immer ziemlich schroffes „Herein" trat seine Sekretärin zaghaft in das Büro.

„Ist etwas passiert"? fragte sie ängstlich. So laut habe ich sie noch nie schreien gehört Herr Ritter".

„Ist schon gut, Nathalie" sagte er in möglichst beruhigendem Ton. „Ich musste nur mal Dampf ablassen. Jetzt geht es mir schon wieder viel besser."

„Kann ich etwas für sie tun"? fragte sie ihren sonst so ausgeglichenen und eigentlich immer gut aufgelegten Chef.

„Nein, ist schon gut. Entschuldigen sie, wenn ich sie aus dem Konzept gebracht habe, aber das habe ich jetzt gebraucht. Jetzt geht es mir schon wieder viel besser. Bringen sie mir doch bitte einen Kaffee. Vielen Dank, Nathalie."

*

Kaum zwei Monate nach diesem Vorfall wurde bereits beim Bezirksgericht die Verhandlung angesetzt. Wenn man bedenkt, dass ein solcher Fall normalerweise zwei bis drei Jahre beansprucht, wurde dieser Gerichtstermin unheimlich schnell durchgezogen. Ob dies etwas Gutes oder etwas Schlechtes bedeutete, konnte noch niemand ahnen. Man musste jedoch davon ausgehen, dass die Staatsanwaltschaft die Sache so schnell und schmerzlos vom Tisch haben wollte wie nur immer möglich. Die Verhandlung wurde unter Ausschluss der Öffentlichkeit abgehalten, was die Medien erst recht auf den Plan rief.
Ich hatte eine Vorladung als Zeuge und war auf 10:15 Uhr geladen. Als ich an jenem Morgen in die Wengistrasse einbog, wo sich das Bezirksgericht befindet, konnte ich kaum am Gerichtsgebäude vorbeifahren. Es wimmelte von Reportern mit Foto- und Filmkameras. Als ich mein Motorrad abstellte um mich in Richtung Gericht zu begeben, erkannte mich ein Reporter eines

Lokalfernsehens. Sofort kam er auf mich zu und stellte mir verschiedenste Fragen, die ich ihm aber mit keinem Wort beantwortete.

Es war genau 10:20 Uhr als mich der Gerichtsweibel in den Gerichtssaal bat. Ich wurde regelrecht mit Fragen bombardiert. Zum Fall selbst wurden mir kaum Fragen gestellt, hingegen zum Vorfall wie ich zu diesen Aussagen im Ferienhaus gekommen sei. Ich bestritt die Tatsache nicht, dass ich illegal an diese Erkenntnisse gelangt war und musste deshalb auch mit einer Strafe rechnen. Der Gerichtspräsident erklärte allen Anwesenden, meine Aussagen bezüglich dem Gehörten im Chalet Erika sofort zu vergessen, da es sich um illegal erworbenes Wissen handle und dies demzufolge als Beweismittel nicht verwertbar sei. Nachdem ich gut Dreiviertelstunden mit Fragen gelöchert worden war, durfte ich den Gerichtssaal wieder verlassen.

Das Verfahren wurde noch am selben Tag beendet. Nachdem sich das Gericht für beinahe zwei Stunden zurückgezogen hatte, wurden die Verdikte den Beteiligten bekannt gegeben.

Zusammengefasst kann man die Urteile wie folgt erklären:

Was ich im Chalet Erika gehört hatte, existiert offiziell nicht und hat somit keinerlei Beweiskraft.

Die den Unterlagen beigelegten Fotos aus Thailand hätten sich als Fälschungen erwiesen, womit deren Aussagekraft gleich Null sei.

Somit musste Aufgrund mangelnder Beweise, ganz nach dem Wahlspruch: „In dubio pro reo" „Im Zweifel für den Angeklagten" entschieden werden, was nur einen Freispruch auf der ganzen Linie bedeuten konnte. Mit einer Ausnahme: Ich erhielt wegen Hausfriedensbruchs eine bedingte Haftstrafe von 18 Monaten!

Alle der Pädophilie Angeklagten wurden frei gesprochen und zudem wurden ihnen Prozessentschädigungen zwischen 2000 und 17'000 Franken aus der Staatskasse zugesprochen.

*

„Staatsanwälte hauen sich nicht selbst in die Pfanne!" „Ein Urteil dessen man sich schämen muss!" „Ist denn das ganze Schweizer System korrupt?" und weitere solche Titel zierten am folgenden Morgen die Tageszeitungen. Obwohl die Öffentlichkeit am Prozess nicht zugelassen war ist das Urteil trotzdem durchgesickert. Zu viele Leute wussten davon als dass es hätte geheim gehalten werden können.

Ich erhielt noch am gleichen Tag eine Anfrage von einem privaten Fernsehsender, der mich zu einer Talk-Show einladen wollte, um mit mir über den Prozess zu sprechen, was ich natürlich dankend ablehnte. Für mich war der Fall viel zu brisant und ich konnte, wollte und durfte auch nicht in aller Öffentlichkeit darüber plaudern.

Jeder der meinen Freund Jan und mich kennt weiss, dass dieses Urteil nicht so stehen bleiben würde. Jan zog den Fall weiter, vor das Obergericht.

Dieses entschied in zweiter Instanz, dass Staatsanwalt Briselli ab sofort in seinem Amt freigestellt werden müsse. Die Strafe baue auf einem moralisch begründeten Entscheid. Eine Gefängnisstrafe wurde ihm aber erlassen, weil die Anklage zu sehr auf illegal erworbenem Wissen aufbaue. Alle andern Beteiligten kamen ebenfalls wieder straffrei davon. Die Entschädigungssummen der ersten Instanz wurden beibehalten.

An mir blieb der Hausfriedensbruch erwartungsgemäss trotzdem hängen und ich

erhielt zwar ein leicht milderes Urteil. Die bedingte Gefängnisstrafe wurde um 8, auf 10 Monate reduziert.
Natürlich konnte Jan Ritter dieses Urteil nicht akzeptieren. Nun blieb nur noch der Gang vor Bundesgericht. Kaum war er zuhause angekommen, setzte er sich an seinen Computer und leitete die nötigen Schritte ein um den Fall vor dem höchsten Gericht des Landes präsentieren zu können.
Trotz der beiden vorgängigen, unverständlichen Urteile, waren wir beide überzeugt, dass beim Bundesgericht die Fäden, des hier in Zürich offenbar bestehenden Justizfilzes, reissen würden. Wir waren uns sicher, dass die Gerechtigkeit endlich siegen wird, und damit den wirklich Schuldigen eine, dem schlimmen Verbrechen angepasste Strafe auferlegt würde.

*

Mit dem Entscheid, dass sich das Bundesgericht der Sache annehmen würde und Staatsanwalt Briselli als Angeklagter ab sofort von seinem Amt freigestellt worden war, konnte ich an meinen angestammten Arbeitsplatz zurückkehren.

Bei meiner Rückkehr veranstalteten meine Arbeitskollegen zu meiner Begrüssung ein richtiges Fest. Sie luden vor der Mittagspause zu einem gemeinsamen Apéro ein.
Auch mein Chef, Beat Koch war wie ausgewechselt. Er war wieder der alte Chef den ich in all den Jahren kennen und schätzen gelernt hatte. Kein Schimmer mehr von dem unsicheren und nach Worten suchenden Beat Koch, den ich an meinem letzten Arbeitstag gesehen hatte. Ihm hatte meine Suspendierung sehr schwer zu schaffen gemacht.
Mit den Worten: „Danke für die tolle Überraschung, mich mit so einem Empfang zu begrüssen" eröffnete ich eine kurze Rede. „Wir haben mit der Anhandnahme des Falles durch das Bundesgericht zwar einen Teilerfolg erzielt, doch müssen wir noch abwarten, wie das dortige Urteil lauten wird. Ich bin aber guten Mutes, dass alles so kommen wird wie wir uns das erhoffen." Ich hob mein Glas und verkündete: „Eines hat mich der Fall jetzt schon gelehrt. Mein Wahlspruch wird weiterhin lauten: Folge deiner Überzeugung und gib nie auf, auch wenn alles gegen Dich spricht! In diesem Sinne sage ich Prost und

danke noch einmal allen die immer zu mir hielten."

Als Dank für den herzlichen Empfang, lud ich die ganze Abteilung nach Arbeitsschluss zu einem Drink in das nahe gelegene „El Local" an der Gessnerallee ein.

*

Noch dauerte es ein ganzes Jahr bis sich das Bundesgericht mit der Affäre befasste. Als Jan den Terminbescheid aus Lausanne bekam, atmete er erstmals richtig auf. Bis dahin galt ich ja immer noch als verurteilt wegen Hausfriedensbruches. Aufgrund des Einsprache Gesuches galt die Strafe aber noch immer als aufgeschoben. Natürlich war mir klar, dass ich etwas Illegales getan hatte und dass ich dafür auch eine Strafe auferlegt bekommen würde. Auch Jan gab mir zu verstehen, dass ich für mein Vorgehen bestraft werden müsse, auch wenn die damalige Dringlichkeit die zu erwartende Strafe ein wenig mildern dürfte. Immerhin konnten wir ein öffentliches Interesse an der Sache geltend machen, welches unter Umständen eine Verurteilung überwiegt oder zumindest die zu erwartende Strafe minimieren könnte. Wir waren beide überzeugt, dass das erstinstanzliche Urteil gegen die wirklich Schuldigen von den Bundesrichtern abgeschmettert werden würde. Als das Verhandlungsdatum endlich bekannt wurde, war ich ehrlich gesagt, ein wenig nervös. Dieses Gefühl hatte aber nichts mit Angst zu tun, sondern vielmehr mit einer Art Vorfreude auf den kommenden Prozess.

Gutgelaunt bestiegen wir alle zusammen, am frühen Morgen, den Zug in Zürich. Auch Alain begleitete uns nach Lausanne. Er wollte in seiner noch jungen Karriere einmal erleben wie es beim Bundesgericht so abläuft. Zudem war er für uns eine moralische Unterstützung.

Wir trafen rund eine Stunde zu früh in Lausanne ein und so begaben wir uns noch zu einem Kaffee ins „Café Tandem" an der Avenue des Mousquines, wenige Schritte vom Bundesgericht entfernt. Es wurde nicht viel gesprochen. Jeder von uns war mit seinen eigenen Gedanken beschäftigt. Natürlich waren wir überzeugt, dass das Bundesgericht den ersten Gerichtsentscheid umstossen würde. Trotzdem konnte man nie 100% sicher sein.

Um 10:30 Uhr war es endlich so weit. Mein Verhör vor dem Bundesgericht begann.

Alles verlief ähnlich wie beim Bezirksgericht. Der Fokus war aber diesmal nicht auf mein illegales Betreten des Ferienhauses gerichtet, sondern auf das schlimme Vergehen an den vielen unschuldigen Kindern. Sicher bekam ich auch hier einen Verweis, doch sah man die Dringlichkeit meiner Aktion durchaus ein. Die Verhandlungen dauerten drei Tage. Eine Zeit in der ich mich wortwörtlich auf Nadeln befand. Mit grosser Gespanntheit und Nervosität nahm ich am Abend des dritten Tages an der Urteilseröffnung teil. Der Bundesgerichts-präsident betrat mit den anderen Richtern den Gerichtsaal und verkündete folgende Urteile:

Der Hauptangeklagte, Claudio Briselli erhält die für ein solches Delikt festgesetzte Höchststrafe von 10 Jahren Zuchthaus. Zuzüglich werden ihm noch drei Jahre wegen Beihilfe zu unzüchtigen Handlungen mit Kindern aufgebrummt, für das Vermieten und Organisieren der unzüchtigen Partys in seinem Ferienhaus. Nach Absitzen der Strafe muss er mit einer Verwahrung rechnen. Zudem muss er sich während der Haftstrafe einer Therapie unterziehen, welche aber aufgrund bisheriger Erfahrungen nur in ganz seltenen Fällen Erfolg zeigt. Des Weiteren wird ihm auf Lebzeiten untersagt, irgendeine Aufgabe anzunehmen bei welcher er mit Kindern in Kontakt kommen würde.

Hugo, der Fotograf wird mit einer Haftstrafe von sieben Jahren belegt. Davon zwei Jahre wegen wissentlichem Erstellens eines falschen Gutachtens zuhanden des Bezirksgerichtes Zürich. Die restlichen Angeklagten erhalten alle unbedingte Gefängnis-strafen zwischen zwei und sieben Jahren, je nach der Schwere ihrer beweisbaren Vergehen.

Der geschädigten Familie Gonzales müssen die Verurteilten Schadenersatz bezahlen in der Höhe von 70'000 Franken und zusätzlich werden die Gerichtskosten den Verurteilten auferlegt.

Für mein illegales Betreten des Ferienhauses muss ich eine dreimonatige, bedingte Strafe wegen Hausfriedensbruches anerkennen. Ein Urteil, mit dem ich sehr gut leben kann.

*

ENDE

Zum Autor:

Peter J. Hoff, geboren 1948, wuchs im Zürcher Oberland, zusammen mit sechs Geschwistern auf.

Bereits mit 14 Jahren reiste er für ein Jahr nach Frankreich um die Sprache zu erlernen. Einmal fremde Luft geschnuppert, hielt es ihn in der Ferne. Er blieb 10 Jahre im Ausland, wo er seine Koch- und Kellner Lehre, sowie die Hotelfachschule abschloss.

1972 kehrte er in die Schweiz zurück und begann 1975 die Polizeischule in Zürich.

Nach 10 Jahren bei der Sicherheitspolizei, wechselte er zur Kriminalpolizei, wo er verschiedene Stufen durchlief.

Ab 1998, wurde er der Abteilung zugeteilt, welche sich ausschliesslich mit Mordfällen und Gewaltdelikten befasst. Dieser Stelle blieb er treu, bis zu seiner Pension 2013.

Nun versucht er sein Glück mit dem Schreiben von Zürcher Kriminalromanen welche er in einer Serie veröffentlichen will. Der zweite Band ist demnächst unter dem Titel „*Wellen am ruhigen Seeufer*" abrufbar.

Viel Spass beim Lesen.